dtv

Reihe Hanser

Friedbert Stohner

Ein Rentier kommt selten allein

Unser Jahr mit dem Weihnachtsmann

Mit Bildern von Katrin Engelking

dtv

Ausführliche Informationen über
unsere Autoren und Bücher
www.dtv.de

Friedbert Stohner in der *Reihe Hanser*
Ich bin hier bloß der Hamster (dtv 62616)
Ich bin hier bloß das Pony (dtv 62636)

Für Lenchen – unvergessen

MIX
Papier aus verantwortungsvollen Quellen
FSC® C083411
www.fsc.org

Umschlag: Katrin Engelking
Satz: Fotosatz Amann, Memmingen
Gesetzt aus der Garamond ITC BSK
Druck und Bindung: CPI, Ebner & Spiegel, Ulm
Gedruckt auf säurefreiem, chlorfrei gebleichtem Papier
Printed in Germany · ISBN 978-3-423-64034-3

Dezember

Ich heiße Lotte, und bei uns zu Hause hat der Weihnachtsmann gewohnt. Ein ganzes Jahr lang, aber es war streng geheim und wir durften nichts verraten. Nicht mal unseren zwei Omas und Opas oder unseren besten Freundinnen und Freunden. Angefangen hat es am ersten Weihnachtstag morgens. Da saßen wir beim Frühstück, als es auf einmal an der Haustür klingelte.

»Wer ist *das* denn?«, wunderte sich Papa.

Mama wartete kurz, dann verdrehte sie die Augen und sagte: »Magnus.«

Magnus ist der beste Freund meines kleinen Bruders Lars, und dass er es ist, der klingelt, hört man daran, dass der Klingelknopf festklemmt. Bei sonst niemand, nur bei ihm.

Später hat Lars behauptet, er hätte gleich gewusst, dass es nicht Magnus sein kann, weil der über Weihnachten bei seiner Uroma war. Aber er ist trotzdem zur Tür gegangen, und als er sie geöffnet hat, hat das Klingeln mit einem Schlag aufgehört. Genau wie bei Magnus. Für einen Moment war es mucksmäuschenstill, dann sagte eine ganz tiefe Stimme:

»Der Klingelknopf klemmt.«

Genau das sagt Magnus auch immer, aber er konnte es trotzdem nicht sein. Er hat eine Piepsstimme, und wenn man ihn ärgern will, braucht man ihm nur zu sagen, dass er sich wie ein Mädchen anhört.

»Ist außer dir noch jemand zu Hause?«, fragte die tiefe

Stimme. Und als Lars nicht antwortete: »Ich bin hier doch richtig bei Wetekamp?«

»Äh … ja«, sagte Lars. Oder eigentlich piepste er es wie Magnus. Und Lars piepst sonst überhaupt nicht.

Als Nächstes hörten wir es rumpeln, als käme ein Nashorn durch den Flur getrampelt. Als etwas scheppernd umfiel, wussten wir, dass es die alte angemalte Milchkanne sein musste, die wir als Schirmständer benutzen. Wer das Nashorn in unserem Flur war, wussten wir da noch nicht. Das sahen wir erst, als es in der Tür zum Esszimmer stand, und da war es der Weihnachtsmann.

»Ich bin ein bisschen früh dran, ich weiß«, sagte er mit seiner ganz tiefen Stimme.

»Nicht eher ein bisschen spät?«, fragte Papa.

Da hörten wir den Weihnachtsmann zum ersten Mal lachen.

»HO-HO-HO-HO-HO!«

Sein großer roter Mantel, sein großer weißer Bart, seine große rote Zipfelmütze mit dem weißen Bommel – alles an ihm lachte, und unten stampfte er mit seinen großen Stiefeln auf, dass das Geschirr auf dem Frühstückstisch klapperte.

»HO-HO-HO-HO-HO!«, trompetete er.

Papa schaute Mama an, und Mama schaute Papa an, aber beide sagten nichts. Ich auch nicht. Und Lars war sowieso verschwunden. Oder nein: Auf einmal schaute er dem Weihnachtsmann über die Schulter. Er musste auf was draufgestiegen sein, denn der Weihnachtsmann war so riesig groß, dass er die ganze Tür ausfüllte und mit dem Kopf fast oben gegen den Rahmen stieß. Lars winkte aufgeregt und rief irgendwas, aber der Weihnachtsmann trompetete immer noch so laut, dass man nichts davon hörte. Es sah nur so aus, als riefe Lars um Hilfe, und da wollte Mama natürlich zu ihm hin.

Aber ausgerechnet jetzt wollte der Weihnachtsmann auch zu uns an den Tisch, und genau in der Mitte zwischen dem Esstisch und der Tür sind Mama und er zusammengestoßen. Wenn wir Mama daran erinnern, sagt sie immer, es habe sich angefühlt, als wäre sie gegen einen riesigen Hüpfball gelaufen, und wir müssen schrecklich lachen. Aber als es passiert ist, hat niemand gelacht. Mama ist nämlich von dem riesigen Weihnachtshüpfball abgeprallt und rückwärts über ihren eigenen Stuhl gestolpert. Zum Glück saß dahinter gleich Papa, und sie ist genau auf seinem Schoß gelandet. Sie hat dabei nur leider ein bisschen mit den Armen gerudert, und hinterher hatte Papa eine dicke Oberlippe.

Der Weihnachtsmann ist bei dem Zusammenstoß nicht abgeprallt. Er ist einfach weitergegangen und hat sich auf Lars' Stuhl fallen lassen. Und da hat Lars losgeheult. Aber nicht, weil der Weihnachtsmann auf seinem Stuhl saß, sondern vor Schmerz. Ich hatte nämlich richtig geraten: Um dem Weihnachtsmann über die Schulter zu schauen, war Lars wirklich auf was draufgeklettert, und zwar auf den Schuhanziehhocker im Flur. Aber trotzdem musste er sich noch strecken, und dabei hat er sich wohl ein bisschen an den Weihnachtsmann angelehnt. Jedenfalls verlor er, als der plötzlich zum Tisch ging, das Gleichgewicht. Er hat erst mit den Armen gerudert wie Mama, aber da war leider kein Papa, auf dessen Schoß er landen konnte. Darum ist er am Ende nach vorne abgesprungen, und der Hocker ist nach hinten umgekippt, und Lars hatte noch ein Riesenglück, dass er nicht auch am Weihnachtsmann abgeprallt ist. Mein kleiner Bruder ist ja nur so ein schmales Hemd, und wer weiß, wie das für ihn ausgegangen wäre. So ist er nur nach der Landung nach vorne gestolpert und hat sich an der Tischkante eine dicke Unterlippe geholt. Wegen der hat er dann losgeheult, aber es war bestimmt auch der Schreck.

Genau wie bei Mama. Nur dass die vor Schreck nicht heulen, sondern lachen musste. Sie saß auf Papas Schoß und lachte, dass ihr die Tränen kamen. Und jetzt konnte ich auch nicht mehr. Ich musste genauso lachen, und mir kamen auch die Tränen.

»Fön, daff ihr fo viel Fpaf habt!«, grummelte Papa mit seiner dicken Lippe.

Da fiel Mama ihm um den Hals, und ich sah nur noch ihre Schultern zucken. Ich selbst wollte eigentlich die Luft anhalten und nicht mehr lachen, weil ich gerade merkte, dass ich noch einen ganzen Bissen Schokohörnchen im Mund hatte. Aber es klappte nicht. Es *hätte* vielleicht geklappt, wenn Lars nicht genau da »Mama, mein Fahn!« gejammert und dabei ein blutiges Zähnchen hochgehalten hätte.

»Mein Fahn!«, hab ich losgeprustet, und da war's passiert. Der Bissen Schokohörnchen flog in lauter kleinen Krümeln los und landete halb auf dem Mantel des Weihnachtsmanns und halb auf Lars.

Lars wischte gleich an sich herum, aber dem Weihnachtsmann schienen die braunen Punkte auf dem Mantel nichts auszumachen. Er krümelte sich gerade selbst mit einem Schokohörnchen voll und tat überhaupt, als ginge ihn der Trubel um ihn herum nichts an.

Aber Lars war richtig sauer.

»Ihr feid ... ihr feid ... ihr feid alle fo fief!«, piepste er wieder mit der Magnusstimme. Dann schmiss er sein blutiges Zähnchen zornig auf den Boden und rannte los. Wenn er richtig sauer ist, will er hoch in sein Zimmer und niemanden mehr sehen.

Wie Lars draußen im Flur erst über was drüber- und dann auf was drauffiel, konnten wir vom Esszimmer aus nicht sehen, nur hören. Erst hörten wir ein Rumpeln, dann ein Scheppern, dann einen erstickten Schrei, dann rasend schnelle Schritte auf der Treppe, und als Letztes knallte eine Tür.

BANG!

Das war der Anfang. So war's, als der Weihnachtsmann am ersten Weihnachtstag morgens bei uns auftauchte. Papa saß mit einer dicken Oberlippe am Tisch, Mama und ich wischten uns die Augen aus, und Lars schmollte mit gleich zwei dicken Lippen auf seinem Zimmer. Das mit der zweiten dicken Lippe wussten wir da nur noch nicht.

Was wir da auch noch nicht wussten, war, dass der Weihnachtsmann bei uns einziehen wollte. Jetzt gerade nahm er sich das dritte oder vierte Schokohörnchen und sagte zu Papa:

»Wenn Sie mit der schlimmen Lippe nicht mehr frühstücken mögen, könnten Sie schon mal das Auto aus der Garage fahren.«

»Daf Auto? Warum daf denn?«, wollte Papa wissen.

Mama zuckte noch mal kurz, aber sie riss sich zusammen. Sowieso schaute sie zur Tür, als wollte sie gleich los, um nach dem armen Lars zu sehen.

»Wir brauchen Platz für den Schlitten«, sagte der Weihnachtsmann und betrachtete das Schokohörnchen, als müsste er überlegen, von welcher Seite er es aufessen sollte. Aber dann schaute er plötzlich Papa und Mama an und fragte: »Sagen Sie mal, haben Sie den Brief überhaupt nicht gelesen?«

Nein, das hatten Mama und Papa nicht. Wie denn auch? Es war ja gar kein Brief gekommen.

Januar

Der Brief kam vom Weihnachtsamt, und darin stand, wir, die Familie Wetekamp, hätten die Ehre – oder nein: »die himmlische Ehre« –, für ein Jahr den Weihnachtsmann zu beherbergen. Er brauche ein ausreichend großes Zimmer, eine Garage für seinen Schlitten und einen Garten für die Rentiere, aber das alles hätten wir ja, man habe das überprüft. »Mit himmlischen Grüßen«, hieß es zum Schluss, »Ihr Weihnachtsamt«. Unterschrieben hatte ein Engel mit Namen Hans-Dieter, und noch darunter stand:

PS *Der Aufenthalt des Weihnachtsmanns unterliegt strengster Geheimhaltung. Bitte sprechen Sie mit niemandem darüber, auch nicht mit engen Anverwandten oder Freunden.*

PPS *Ein Widerspruch gegen diesen Bescheid ist nicht möglich. Von Rückfragen bitten wir abzusehen.*

Wir hätten aber auch gar nicht gewusst, wie wir hätten rückfragen sollen. Als Absender stand auf dem Umschlag nur »Weihnachtsamt – Himmel«, und sowieso kam der Brief erst nach Neujahr. Da wohnte der Weihnachtsmann längst bei uns. Gleich nach dem letzten Schokohörnchen am ersten Weihnachtsmorgen hatte er Mama und Papa alles erklärt und auf die Engel geschimpft, die den Brief wahrscheinlich wieder zu spät auf die Himmelspost gegeben hätten. Den lieben langen Tag säßen die auf ihren Wolken und verpeilten, was es nur zu verpeilen gebe. Dabei sei es jetzt schon wer weiß wie lange so geregelt, dass er das Jahr über bei einer Menschenfamilie wohne, weil es im Weihnachtsmanndorf hoch oben in Finnland nicht mehr auszuhalten sei. Schon im Sommer kämen da die Touristen und rückten ihm auf die Pelle – fürchterlich!

Mama und Papa hatten sich alles stumm angehört und nur immer mal wieder erschrockene Blicke gewechselt. Klar, was hätten sie auch sagen sollen? Die Sache war schließlich im Himmel beschlossen worden, da konnten sie ja wohl im Käuzchenweg nicht widersprechen. Im Käuzchenweg wohnen wir, in der Nummer 7. Der Einzige von uns, der sich was zu sagen traute, war Lars, als er nach einer Weile wieder zu uns herunterkam. Der wusste ja noch nichts. Er betastete vorsichtig seine zwei dicken Lippen und fragte den Weihnachtsmann:

»Haft du dif verfahren oder fo?«

»Der Weihnachtsmann verfährt sich nie«, sagte der Weihnachtsmann lächelnd.

Aber Lars ließ nicht locker und wollte wissen, warum er dann noch mal gekommen sei – etwa um zusätzliche Geschenke zu bringen? »Fufätflife Gefenke«, sagte Lars, und man sah richtig, wie schwer ihm die zwei einfachen Wörter fielen.

Da hörten wir den Weihnachtsmann zum zweiten Mal lachen – »HO-HO-HO-HO-HO!« –, und noch bevor er ausgelacht hatte, klingelte es auch zum zweiten Mal an diesem Morgen an der Tür. Draußen stand unsere Nachbarin aus der Nummer 9, die alte Frau Blume, und wollte wissen, ob wir das unheimliche Geräusch auch gehört hätten: so ein dumpfes Grummeln und Grollen. Wie ein unheimliches Lachen habe es geklungen, und im Fernsehen hätten sie gesagt, so was gebe es manchmal vor Erdbeben.

»Keine Angft, Frau Blume!«, sagte Papa, der ihr aufgemacht

hatte. »Bei unf hier gibt'f keine Erdbeben. Wahrfeinlif haben Fie nur gefpürt, wie unfere alte Wafmafine fleudert.«

»Haben Sie was an der Lippe?«, fragte Frau Blume.

»Niftf Flimmef«, sagte Papa. »Frohe Weihnachten noch, Frau Blume!«

Es war schon ein bisschen unhöflich, dass er ihr einfach die Tür vor der Nase zumachte, denn eigentlich ist Frau Blume sehr nett, und bestimmt wäre sie gern auf ein Schwätzchen hereingekommen. Aber bei uns saß nun mal der geheime Weihnachtsmann am Frühstückstisch, und jetzt trompetete er auch schon wieder los.

»Alte Waschmaschine – HO-HO-HO-HO-HO!«

Durchs Fenster konnten wir sehen, wie Frau Blume in der Einfahrt stehen blieb und zu unserer Haustür zurückschaute. Dann schaute sie auf die acht Rentiere in unserem Garten, schüttelte den Kopf mit dem Dutt aus schneeweißen Haaren und ging nach Hause. Der Schlitten stand da schon in der Garage.

»Alfo nift«, sagte Lars, und wir brauchten alle einen Moment, bis wir verstanden, was er meinte.

»Nein«, sagte der Weihnachtsmann. »Gefenke gibt'f erft nächftef Jahr wieder. – HO-HO-HO-HO-HO!«

Es sollte eindeutig nur ein kleiner Scherz sein, und der Weihnachtsmann kniff dabei sogar ein Auge zu. Aber Lars war trotzdem beleidigt und sauste gleich wieder hoch in sein Zimmer. Zum Glück hatte Papa auf dem Rückweg von der Haustür die Milchkanne mit den Schirmen und den Schuhanziehhocker an ihren Platz zurückgestellt. So holte sich Lars zu seinen zwei dicken Lippen nur noch einen verstauchten kleinen Finger, als er auf der Treppe ins Stolpern kam, und das war nicht so schlimm. Bis er in seinem Zimmer angekommen war, konnte er schon wieder die Tür zuknallen.

BANG!

Hinterher kamen die zwei aber gut miteinander aus. Lars und der Weihnachtsmann, meine ich. Der Weihnachtsmann hat sich sogar bei Lars entschuldigt und ihm für nächstes Jahr ein Extrageschenk versprochen.

»Wirklif?«, hat Lars gefragt, und der Weihnachtsmann hat ihn auf den Schoß gehoben und ihm was ins Ohr geflüstert. Was es war, wollte Lars nicht verraten, aber von da an durfte man nichts mehr gegen den Weihnachtsmann sagen, und er hat ihm sogar das Zähnchen geschenkt, das Mama unterm Tisch gefunden und in eine Streichholzschachtel mit Watte gelegt hatte.

Aber eigentlich sagte auch niemand was, höchstens Mama, weil sie fand, auch ein Weihnachtsmann könne ein bisschen aufpassen, wenn er sich durchs Haus bewege, und müsse nicht ständig Sachen um- und runterschmeißen. Dass er gleich beim Reinkommen die Milchkanne mit den Schirmen umgeschmissen hatte, war nämlich kein Zufall gewesen. Er schmiss dauernd was um, meistens, weil er es mit seinem weiten Mantel streifte. Den behielt er nämlich immer an, genau wie seine Stiefel. Nur die Mütze nahm er ab.

Das Erste, was dran glauben musste, war die blau-weiß gestreifte Glasvase auf dem Flurtischchen, die Mama mal in Venedig gekauft hatte. Das Nächste war ein Rotweinglas, das Papa auf dem Sideboard im Wohnzimmer abgestellt hatte, obwohl Gläser dort natürlich nichts verloren haben. Kurz darauf erwischte es dann meinen Notenständer, auf den der Weihnachtsmann auch noch drauftrat und der von da an so schief stand, dass ich automatisch auch meine Querflöte nicht mehr gerade hielt. Das Komische war nur, dass ich mit der schrägen Flöte viel weniger Fehler machte.

Aber mit Abstand das meiste kriegten Lars' Legotürme ab. Lars hatte zu Weihnachten eine Riesenkiste neue Legos bekommen und baute ständig Türme, und jedes Mal, wenn der Weihnachtsmann sie im Vorbeigehen umschmiss, kriegten sich die beiden vor Lachen nicht mehr ein. Wenn man dann aus dem Fenster schaute, sah man im Nachbarhaus Frau Blume die Rollläden runterlassen, als würde das gegen Erdbeben helfen.

Ein einziges Mal versuchte Mama, dem Weihnachtsmann seinen Mantel auszureden, das war nach dem Unglück mit Papas abgestelltem Glas.

»Wollen Sie nicht mal einen Trainingsanzug anprobieren?«, fragte sie, während sie den Rotweinfleck auf dem Wohnzimmerteppich mit Salz bestreute. »Mein Mann kauft sie immer eine Nummer größer und leiert sie dazu noch schrecklich aus. Davon könnte Ihnen einer passen.«

»Haben Sie schon mal einen Weihnachtsmann in einem ausgeleierten Trainingsanzug gesehen?«, fragte der Weihnachtsmann.

»Nein«, musste Mama zugeben.

»Eben«, sagte der Weihnachtsmann und verschwand in Mamas und Papas Schlafzimmer. Da wohnte er nämlich, nachdem sich herausgestellt hatte, dass ihm unser Gästezimmer zu klein war. Wir hatten einfach die Möbel ausgetauscht und ihm zusätzlich Papas Werkbank aus dem Keller geholt und unters Fenster gestellt. Die brauche er, wenn er im Spätsommer wieder mit der Arbeit anfange, hatte er Papa erklärt, und für das fehlende Werkzeug werde er rechtzeitig eine Liste machen.

»Fön«, sagte Papa, dessen Lippe noch bis nach Neujahr geschwollen blieb. Zum Glück feierten wir Silvester zu Hause, da musste er nicht so oft »Gutef neuef Jahr!« sagen, außer zu uns eigentlich nur zu Frau Blume. Die kam, wie jedes Jahr, nach draußen, weil sie dabei sein wollte, wenn wir unser Feuerwerk abbrannten. Sie war dann nur ganz enttäuscht, als wir gerade mal einen mickrigen Heuler losließen. Mehr durften wir nicht wegen der Rentiere, obwohl wir die extra ins Wohnzimmer gebracht hatten.

»Glauben Sie mir, es ist besser so«, hatte der Weihnachtsmann zu Mama und Papa gesagt. »Letztes Jahr haben nur die Nachbarn links und rechts geballert, und trotzdem haben die verschreckten Tiere das halbe Haus verwüstet.«

Bei uns haben zum Glück nur die Nachbarn aus Nummer 5 geballert, da ging die Sache glimpflicher ab. Die verschreckten Tiere sind nur in die Küche geflüchtet und haben die Platte mit den Lachsschnittchen leer geputzt, die es nach dem Feuerwerk noch geben sollte.

Auch sonst ist im Januar nichts Schlimmes mehr passiert. Eigentlich hat der Weihnachtsmann die ganze Zeit nur gegessen und geschlafen und gelegentlich was umgeschmissen, aber nichts Wertvolles mehr. Das hatten Papa und Mama alles in die Schränke geräumt, und die angemalte Milchkanne für die Schirme stand jetzt im Keller. So schlapp sei er im Januar immer, hat der Weihnachtsmann uns erklärt. In seinem Alter brauche er eben eine Weile, um sich von den Strapazen der langen Weihnachtsreise zu erholen. Wir sollten uns mal keine Sorgen machen, bis zum Februar sei er wieder fit wie ein Schneeschuh.

Als er das sagte, tauschten Mama und Papa wieder dieselben besorgten Blicke wie schon mal. Aber ich wette, *wie* fit der Weihnachtsmann im Februar war, hat sie dann doch überrascht.

Februar

Der erste Schnee fiel noch im Januar, aber richtig liegen blieb er erst im Februar. Da wurde es auch klirrekalt, und Papa musste jeden Morgen erst die Autoscheiben frei kratzen, bevor er losfahren konnte. Die Rentiere kamen dann immer angezockelt und stellten sich vors Auto, als warteten sie darauf, dass Papa sie einspannte. Sie ließen sich auch nicht verscheuchen und machten erst Platz, wenn Papa den Motor anwarf und hupte. Dann zockelten sie beleidigt davon, und Frau Blume schaute aus dem Fenster und schüttelte den Kopf, als wunderte sie sich jeden Morgen wieder, warum Papa nicht entweder das Auto in die Garage stellte oder die Rentiere darin unterbrachte.

Dann kam der Tag, an dem der Weihnachtsmann aus dem Fenster schaute, sich reckte und streckte und verkündete, heute werde er mal eine kleine Spritztour machen. Ausgeruht habe er sich jetzt genug. Samstagmorgens nach dem Frühstück war das, und es hatte die ganze Nacht geschneit.

Mama runzelte die Stirn und Papa fragte: »Was für eine Spritztour?«

»Mit den Skiern«, sagte der Weihnachtsmann.

Mama und Papa schauten auf seine Füße, als hätte er die Skier schon untergeschnallt. Aber das hatte er natürlich nicht. Er trug nur seine ganz normalen Stiefel.

»Bloß eine kleine Runde«, sagte er. »Wir müssen uns immer erst warm laufen.«

»Wer *wir*?«, fragte Papa.

»Die Rentiere und ich«, sagte der Weihnachtsmann. »Das heißt, richtig laufen müssen eigentlich nur sie.« Dann lachte er: »HO-HO-HO-HO-HO!«, und als er dabei kurz beiseitetrat, sahen wir, dass die Rentiere zum Fenster gekommen waren und sich die Nasen an der Scheibe platt drückten.

Jetzt runzelte auch Papa die Stirn.

»Heißt das, Sie wollen den Schlitten nehmen?«, fragte er.

»Machen *Sie* Skitouren mit dem Schlitten?«, fragte der Weihnachtsmann zurück.

»Nein«, sagte Papa.

»Sehen Sie«, sagte der Weihnachtsmann. Und dann erklärte er uns, dass er sich bei seinen Skitouren von den Rentieren ziehen lasse. Für einen alten Knaben wie ihn sei das sehr praktisch, aber auch für die Tiere sei es gut, weil sie so ein bisschen Auslauf bekämen. Sie könnten schließlich nicht das ganze Jahr nur im Garten herumstehen, das sei gegen ihre Natur.

Dagegen konnten Mama und Papa nichts sagen, denn darüber hatten sie sich selbst schon Gedanken gemacht. Einmal abends, als der Weihnachtsmann schon zu Bett gegangen war, hatten sie sogar überlegt, ob sie wegen der Rentiere nicht beim Bauern Krill anrufen sollten, bei dem wir unser Obst und Gemüse kaufen. Der Bauer Krill hält auch Schafe, und Mama hatte die Idee, zu denen könne man die Rentiere doch mit auf die Weide stellen, wenigstens ab und zu, damit sie mal was anderes zu fressen bekämen als das Heu, das wir inzwischen von jedem Obst- und Gemüseeinkauf mitbrachten. Unseren Garten mit dem wenigen, was im Winter noch da war, hatten sie nämlich schon ratzekahl gefressen.

Aber Papa hatte die Idee nicht so gut gefunden. Es seien *seine* Rentiere, hatte er gesagt und zur Schlafzimmertür hingenickt. Wenn ihnen was fehle, würden wir es bestimmt noch früh genug erfahren.

Jetzt war es also so weit. Und der Weihnachtsmann fackelte auch nicht lange. Als er ausgelacht hatte, verschwand er in seinem Zimmer, und als er wiederkam, trug er zusätzlich zum Mantel und den Stiefeln seine Zipfelmütze, dicke Fäustlinge und einen langen roten Schal mit weißen Tupfen.

»Und wo sind deine Skier?«, fragte Lars.

»Im Schlitten«, sagte der Weihnachtsmann. »Magst du sie mir schnell holen?«

»Klar«, sagte Lars, und genau da klingelte es an der Haustür und hörte nicht mehr auf.

»Magnus«, seufzte Mama und ließ ihn herein. Sofort war Schluss mit dem Geklingel.

»Der Klingelknopf klemmt«, sagte Magnus und stürmte an Mama vorbei.

»Guten Morgen, der Herr!«, rief Mama ihm hinterher.

»Guten Morgen, Frau Wetekamp!«, rief Magnus in den Flur zurück. Inzwischen war er nämlich schon im Esszimmer angekommen. »Meine Mama fragt …«

»Lass mich raten!«, unterbrach ihn Papa. »Sie fragt, ob du hierbleiben kannst, bis sie und dein Papa vom Einkaufen zurück sind.«

»Woher wissen Sie das, Herr Wetekamp?«, fragte Magnus.

»Ich sag doch: geraten«, sagte Papa.

Aber das stimmte nicht. In Wirklichkeit geht das jeden Samstagmorgen so, nur dass es Magnus nicht merkt. Er ist schrecklich gescheit und weiß Sachen, die sonst nur Erwachsene wissen, aber er hat's auch immer schrecklich eilig, und am allereiligsten hat er's im Kopf. Mama sagt, er ist mit den Gedanken immer ein Stück voraus, und was jetzt gerade passiert, ist für ihn schon so langweilig, dass er's meistens gar nicht mitbekommt. Mama ist ja Erzieherin im Kindergarten und kennt sich mit so was aus.

»Danke jedenfalls!«, sagte Magnus.

»Wofür?«, fragte Papa.

»Dass ich bleiben darf«, sagte Magnus.

»Bitte!«, sagte Papa verdattert, und Mama, die im Flur Magnus' Mütze und Handschuhe vom Fußboden aufhob, seufzte wieder.

Magnus selbst packte da schon Lars am Arm, um ihn die Treppe hoch in sein Zimmer zu schleppen und ihm zu erklären, was sie heute spielen wollten. Aber Lars hatte ausnahmsweise selbst eine Idee.

»Weißt du was, er will Ski fahren!«, krähte er.

»Dein Papa?«, fragte Magnus.

»Quatsch! Onkel Klaus«, sagte Lars.

Onkel Klaus – so nannten wir den Weihnachtsmann, wenn wir jemandem erklären mussten, wer da auf einmal bei uns zu Besuch war. Das hatte er selbst so vorgeschlagen. Und dass wir sagen sollten, er käme von der Weihnachtsinsel, wo die meisten Leute so herumliefen wie er. Das hatten auch alle geglaubt: Papas und Mamas Freunde, unsere Nachbarn, meine Freundinnen – alle. Nur Magnus hatte die Stirn gerunzelt und gesagt, die Weihnachtsinsel gehöre seines Wissens zu Australien, da sei es doch wohl viel zu heiß für dicke Mäntel.

»Stimmt genau«, hatte der Weihnachtsmann geantwortet. »Darum hab ich mir meinen auch extra machen lassen. Mit den dünnen Fähnchen von zu Hause würde ich hier glatt erfrieren.«

Magnus hatte nichts mehr gesagt, aber weiter die Stirn gerunzelt. Und jetzt runzelte er sie wieder.

»Ski fahren, so, so«, sagte er.

»Ich wollte gerade seine Skier aus der Garage holen, kommst du mit?«, fragte Lars. Dann biss er sich erschrocken auf die Lippe, weil er merkte, was ihm da rausgerutscht war. Bei ihm funktioniert der Kopf genau umgekehrt wie bei Magnus: Er ist mit den Gedanken immer ein Stück hintendran.

»Lasst nur, Jungs!«, sagte Papa schnell. »Ich mach das. Wollte sowieso nach dem Eiskratzer mit dem längeren Stiel schauen …«

Das war gerade noch mal gut gegangen. Dachte ich jedenfalls. Aber Magnus runzelte immer noch die Stirn.

»Warum stellen Sie das Auto eigentlich nicht mehr in die Garage?«, fragte er. »Dann könnten Sie sich das Kratzen doch sparen.«

Zum Glück war Papa da schon auf dem Weg nach draußen und konnte so tun, als hörte er die Frage nicht.

»Aber bitte die Halfter und die Zügel nicht vergessen!«, rief der Weihnachtsmann, als wir Papa die Haustür öffnen hörten.

BANG!, schmiss Papa die Tür von draußen zu.

Als wir aus dem Fenster schauten, sahen wir die Rentiere hinter ihm hertrotten und brav vor der kleinen Seitentür der Garage warten, bis er wieder rauskam. Auch als er die Scheiben frei kratzte und das Auto aus der Einfahrt fuhr, benahmen sie sich tadellos. Sie machten freiwillig Platz und stellten sich erst in zwei Reihen auf, als Papa von der Straße zurückkam. Dann ließen sie sich, ohne zu mucken, anschirren und warteten, bis der Weihnachtsmann die Skier untergeschnallt hatte und Papa ihm die Zügel reichte.

Magnus, Lars und ich standen dick eingemummelt daneben, und Magnus erklärte uns, die Skier unseres Onkels seien wohl schon ein bisschen älter, und so, wie er sie mit Lederriemen an den Stiefeln befestige, habe man das früher in den nordischen Ländern gemacht, zuerst in Norwegen, aber später auch in Schweden und Finnland.

»Dann wird er da wohl mal gewesen sein«, sagte Papa und warf Lars einen Blick zu, dass er bloß den Mund halten sollte. »Onkel Klaus ist schon viel in der Welt herumgekommen.«

Dann war es so weit. Der Weihnachtsmann rief »Ho-ho!«, und die Rentiere senkten die Köpfe. »Ho-ho!«, rief der Weihnachtsmann noch mal, dann riss es ihn fast von den Beinen, denn jetzt jagten die Rentiere los, dass der Schnee nur so staubte. »Ho-ho!«, rief der Weihnachtsmann, dann preschten sie aus der Einfahrt, als wüssten sie, ohne hinzusehen, dass auf der Straße kein Auto kommt.

»Links geht's in die Felder!«, rief Papa.

Aber die Rentiere liefen nach rechts.

»Los, mal sehen, wo sie hinwollen!«, sagte Magnus.

Dann rannten wir der weißen Wolke nach, in der die Rentiere mit dem Weihnachtsmann davonjagten.

»Aber nicht zu weit!«, rief Mama aus dem Fenster.

»Nein!«, rief ich zurück, damit sie sich keine Sorgen machte.

Allerdings kommt man rechts die Straße runter sowieso nicht weit. Der Käuzchenweg ist eine Sackgasse, und nach vielleicht zehn Häusern kommt ein Wendehammer. Dort wohnt der alleinstehende Herr Fröhlich, aber der heißt nur so. In Wirklichkeit ist er ein alter Miesepampel und passt immer auf, dass niemand in unsere Straße fährt, der dort nichts zu suchen hat. Der Käuzchenweg ist nämlich nur für Leute, die da wohnen, oder höchstens noch für Besucher, aber dass jemand zu Besuch ist, glaubt Herr Fröhlich nur, wenn er die Leute kennt. Mit den anderen schimpft er, sie sollen verschwinden, sonst ruft er die Polizei. Und den Weihnachtsmann mit seinen Rentieren kannte er ja nicht.

»He, Sie!«, hörten wir ihn schon von Weitem schreien. »Hier ist nur für Anlieger!«

»Umso besser, dann ist wenigstens Platz!«, rief der Weihnachtsmann zurück. »Ho-ho, ihr lahmen Enten, wollt ihr wohl die Hufe heben!«

Das war genau, als Magnus, Lars und ich auch am Ende des Käuzchenwegs ankamen.

Der Weihnachtsmann lenkte die Rentiere inzwischen im Kreis und ließ sich mit Karacho durch den Wendehammer ziehen. »Ho-ho!«, rief er aus seiner Schneewolke, und jedes Mal, wenn er an uns vorbeibretterte, ließ er mit einer Hand die Zügel los und winkte uns zu.

Immer, wenn sich hinter ihm die Schneewolke ein bisschen lichtete, sahen wir auch Herrn Fröhlich. Er stand auf der Treppe vor seiner Haustür und schrie und wedelte mit den Armen, aber es nützte nichts. Der Weihnachtsmann bretterte immer weiter im Kreis.

»He, anhalten!«, schrie Herr Fröhlich. »Sofort anhalten, hören Sie?!«

Aber das brachte den Weihnachtsmann erst richtig in Fahrt. »Ho-ho, ihr lahmen Enten, wollt ihr euch wohl sputen!«, rief er. »Zeigt dem Stinkstiefel, was ihr könnt!«

»Stinkstiefel?!«, schrie Herr Fröhlich und stampfte mit den Füßen auf. »Stinkstiefel!? – Ich rufe die Polizei!«

Erst dachten wir, das schreit er nur so. Aber er machte es wirklich. Er verschwand im Haus, und kaum war er wieder auf der Treppe zurück, kam auch schon ein Polizeiauto mit zwei Polizisten darin angefahren. Das war kurz nachdem der Weihnachtsmann wieder in den Käuzchenweg eingebogen und nach Hause gebrettert war. Die Schneewolke vor unserer Einfahrt hatte sich noch nicht ganz gelegt, als das Polizeiauto vor Herrn Fröhlichs Haus anhielt.

»Sie haben uns gerufen?«, sagte der erste Polizist, als er auf der Beifahrerseite aus dem Auto stieg.

»Was gibt's denn diesmal?«, seufzte der zweite, der am Steuer gesessen hatte.

Die beiden kannten Herrn Fröhlich wohl schon. Und der erzählte ihnen jetzt von einem Weihnachtsmann auf Skiern, der sich von acht Rentieren in einem Affenzahn um den Wendehammer habe ziehen lassen. Einen Stinkstiefel habe der ihn auch noch genannt, und so was lasse er sich nicht bieten. So was nicht! Da sei eine gesalzene Anzeige fällig: wegen unerlaubten Fahrens in einer Anliegerstraße, wegen Überschreitung der zulässigen Höchstgeschwindigkeit *und* wegen Beleidigung.

»Ein Weihnachtsmann, sagen Sie?«, fragte der erste Polizist.

»Mit acht Rentieren?«, fragte der zweite.

»Richtig«, sagte Herr Fröhlich.

»Auf Skiern?«, fragte der erste Polizist.

»Nur der Weihnachtsmann«, sagte Herr Fröhlich. »Die Rentiere natürlich nicht.«

»Die Rentiere natürlich nicht«, wiederholte der zweite Polizist und schob die Mütze in den Nacken.

Dann schauten sich die Polizisten an und rollten mit den Augen.

»Sie glauben mir wohl nicht, was?«, schrie Herr Fröhlich.

»Gibt's denn sonst noch jemanden, der diesen … äh … Weihnachtsmann gesehen hat?«, wich der erste Polizist der Frage aus.

»In solchen Fällen wären Zeugen hilfreich, wissen Sie«, sagte der zweite.

Da schaute Herr Fröhlich zu uns her, und wir dachten schon, ausgerechnet wir sollten ihm helfen. Aber er drehte sich nur im Kreis und zeigte in den Schnee und schrie:

»Papperlapapp, Zeugen! Schauen Sie sich die Spuren an, dann wissen Sie Bescheid!«

Die beiden Polizisten drehten sich mit Herrn Fröhlich im Kreis, genau wie Magnus, Lars und ich. Da war nur nichts. Überhaupt nichts. Alles war frisch verschneit, aber im ganzen großen Wendehammer gab es nur eine einzige Spur, und das war die vom Polizeiauto.

»Sehen Sie!«, schrie Herr Fröhlich.

Dann merkte er es auch.

»Los, schnell weg, bevor wir in die Sache reingezogen werden!«, zischte Magnus.

Da flitzten wir los und blieben erst in unserer Einfahrt stehen. Die Rentiere standen friedlich im Garten und scharrten im Schnee. Als kurz darauf das Polizeiauto vorbeifuhr, sahen wir die Polizisten die Köpfe schütteln, und Lars und ich mussten schrecklich lachen. Nur Magnus blieb ernst.

»Ich hab's gewusst«, murmelte er.

Da wusste ich noch nicht, was er meinte, und Lars bestimmt auch nicht. Jedenfalls lachten wir beide weiter.

März

Das mit den Spuren erklärte uns der Weihnachtsmann beim Mittagessen, als wir Mama und Papa die Geschichte mit Herrn Fröhlich erzählten. Magnus war da schon weg. Den hatten, gleich nachdem wir zurück waren, seine Eltern abgeholt. Sie hatten ganz vergessen, dass er neue Winterstiefel bekommen sollte.

»Logisch hinterlassen wir keine Spuren«, sagte der Weihnachtsmann, als Lars und ich mit der Geschichte fertig waren. »Wir fliegen schließlich durch die Luft.«

»Aber ihr wart doch die ganze Zeit am Boden«, sagte Lars.

»Und habt jede Menge Schnee aufgewirbelt«, fiel mir ein.

»Wir waren knapp *über* dem Boden, und den Schnee hat der Fahrtwind aufgewirbelt«, sagte der Weihnachtsmann.

»Dem alten Stinkstiefel erzählen wir das aber nicht, stimmt's?«, sagte Lars, und da mischte sich zum ersten Mal Mama ein. Sie saß schon eine ganze Weile nur über die Lasagne gebeugt, die Papa gekocht hatte, aber jetzt hob sie den Kopf.

»Stinkstiefel?«, sagte sie. »Wo hast du denn *das* Wort her?«

»Von ihm«, sagte Lars und zeigte mit der Gabel auf den Weihnachtsmann. »So hat er zu Herrn Fröhlich gesagt, als der so rumgeschrien hat.«

»Aha«, sagte Mama, und da hörte auch Papa zu essen auf.

Wir hatten ihnen die Geschichte ehrlich ganz genau erzählt, nur das mit dem Stinkstiefel hatten wir glatt vergessen.

»Dann war der alte Miesepampel also doch nicht ganz allein

daran schuld, dass sich die Sache so hochgeschaukelt hat«, sagte Papa.

»Aber *er* hat angefangen«, sagte Lars.

»Trotzdem«, sagte Papa und guckte dabei nicht Lars, sondern den Weihnachtsmann streng an. »So was sagt man nicht.«

»Tut mir leid, soll nicht wieder vorkommen«, sagte der Weihnachtsmann, und es klang richtig ein bisschen geknickt. Aber dann blitzten auf einmal seine Augen und er verkündete: »Ab morgen nenne ich ihn Miesepampel. HO-HO-HO-HO-HO!«

Lars und ich trauten uns erst nicht mitzulachen, aber das hielten wir nicht lange aus. Und Mama und Papa auch nicht. Am Ende lachten wir alle und hörten erst auf, als es an der Haustür klingelte und nicht mehr aufhörte.

»Nanu«, sagte Mama, und Papa ging aufmachen.

Klar, es war Magnus, aber er wollte nicht reinkommen. Er habe nur was vergessen, hörten wir ihn sagen. Dann rief er an Papa vorbei:

»Ihr braucht keine Angst zu haben, ich verrate nichts!«

Die Haustür war noch nicht zu, da hörten wir draußen schon einen Motor aufheulen, als hätte es jemand schrecklich eilig loszukommen.

»Weiß jemand, was das sollte?«, fragte Papa, als er an den Tisch zurückkam.

»Magnus' Papa wird immer sauer, wenn er jemand unnötig durch die Gegend kutschieren muss«, erklärte Lars.

»Das meint Papa nicht«, sagte Mama und schaute von Lars zum Weihnachtsmann und vom Weihnachtsmann zu mir.

Und da hab ich's endlich kapiert. »Ich hab's gewusst«, hatte Magnus gemurmelt, und jetzt war mir klar, was er gemeint hatte. Ich wollte es Mama und Papa gerade erklären, da lehnte sich der Weihnachtsmann zurück, faltete die Hände vor dem Bauch und sagte lächelnd:

»Der kleine Schlaumeier hat's gleich geahnt, und die fehlenden Spuren waren der Beweis.«

»Stimmt«, sagte ich.

»Und jetzt?«, fragte Mama.

»Wir dachten, außer uns darf es niemand wissen«, sagte Papa.

»Tja«, sagte der Weihnachtsmann. »Was will man machen?«

Bis dahin sah man Lars nur an, dass er überlegen musste, wovon wir anderen redeten. Aber jetzt kapierte er's auch.

»Aber … aber Magnus kann doch nichts dafür!«, piepste er. »Die Skitour war doch *seine* Idee!«

Er zeigte mit zittrigem Finger auf den Weihnachtsmann, bis der ihm den Arm um die Schultern legte und sagte:

»Ganz genau. Ich alter Hornochse hätte besser zu Hause bleiben sollen oder in der Nacht auf Tour gehen, und von heute an mache ich das auch.«

»Und … und Magnus?«, piepste Lars.

»Für den überleg ich mir auch ein Extrageschenk, genau wie für dich, aber wahrscheinlich würde er sowieso dichthalten«, sagte der Weihnachtsmann. »Mit mir wird er sich's ja wohl nicht verderben wollen, oder?«

»Nein«, sagte Lars. »Bestimmt nicht.«

»Wollen wir's mal hoffen!«, seufzte Mama, aber wenn's um Magnus geht, hat sie eben immer was zu seufzen. Wir anderen waren nur froh, dass alles so gut ausgegangen war. Nachts lag Herr Fröhlich ja bestimmt nicht auf der Lauer, da konnte der

Weihnachtsmann so wild durch die Gegend brettern, wie er wollte.

Jetzt ging er aber erst mal ein Schläfchen machen. Er gähnte herzhaft und schlurfte so müde zu seinem Zimmer, dass man ihm eine Teufelsfahrt wie die morgens hinter den Rentieren nie im Leben zugetraut hätte. Später, als das Jahr zu Ende war, trauten wir ihm noch ganz andere Sachen zu, aber jetzt lernten wir ihn ja gerade erst kennen.

Und er war dann auch ganz brav. Er blieb tagsüber zu Hause und machte seine Skitouren nur noch nachts, wenn alle schliefen. Wir hätten es wahrscheinlich gar nicht gemerkt, wenn nicht morgens immer seine nasse Mütze, seine nassen Handschuhe und sein nasser Schal im Flur auf dem Fußboden gelegen hätten. Am Anfang hat Mama noch geschimpft, dass er die Sachen doch bitte ordentlich auf der Garderobe ablegen soll, und er hat auch jedes Mal versprochen, dass er's tut. Aber bald hat Mama nur noch geseufzt und hinter ihm hergeräumt. Genau wie bei Magnus.

Lange ging das so, bis weit in den März, und alle haben sich nur gewundert, dass der Schnee so lange liegen bleibt. Das habe es schon zwanzig Jahre nicht mehr gegeben, sagte Papa, und Mama sagte, er übertreibe zwar mal wieder, aber zehn seien es bestimmt. Im Wetterbericht im Fernsehen hieß es dann irgendwann, der Schnee könne sogar bis April liegen bleiben und womöglich gebe es weiße Ostern.

»Schrecklich«, sagte Mama, und an genau dem Abend saß ausnahmsweise der Weihnachtsmann mit vorm Fernseher. Sonst saß er immer am anderen Ende des Wohnzimmers in Mamas Lesesessel mit dem Fußbänkchen und las in ihren dicken Fantasybüchern. Fernsehen müsse er nicht, sagte er immer. Er habe schon alles gesehen.

Jetzt saß er also ausnahmsweise zwischen Mama und Lars auf dem Sofa und fragte: »Wieso schrecklich? Schnee ist doch was Schönes.«

»Im Winter«, sagte Mama. »Aber doch nicht an Ostern!«

»Sonst friert sich der Osterhase noch den Puschel ab«, sagte Papa.

Und jetzt hätte der Weihnachtsmann eigentlich loslachen müssen, weil er Papa ja schon kannte und wusste, dass er gern Witze macht. Er hat aber nicht losgelacht. Er hat nur die Stirn gerunzelt und gefragt: »Wirklich?«

»Wenn er nicht gleich zu Hause bleibt«, sagte Papa, der bei so einem Quatschkram todernst bleiben kann. »Ich kann mich noch gut erinnern: Als ich klein war, lag Ostern auch mal Schnee, und der Osterhase hatte wirklich Angst um seinen Puschel und ist nicht gekommen.«

»Und dann?«, fragte der Weihnachtsmann.

»Dann wollte meine Oma einspringen und hat mir schnell was im verschneiten Garten versteckt«, erzählte Papa. »Man hat aber genau die Spuren von ihren Gartenstiefeln gesehen, und außerdem hatte sie nur noch Süßigkeiten von Weihnachten übrig: zwei Nougat-Christbaumkugeln und einen Schokoweihnachtsmann.«

»Und was hast du gemacht?«, fragte Lars, dessen Augen bei Papas Geschichte immer größer geworden waren.

O-oh, hab ich gedacht. Jetzt will Papa den Weihnachtsmann ein bisschen auf die Schippe nehmen, und der arme Lars glaubt die Geschichte wirklich.

»Ich hab alles in den Schnee zurückgepfeffert und bin auf mein Zimmer gerannt«, sagte Papa, obwohl Mama ihm schon ihren gefährlichen Jetzt-lass-mal-gut-sein-Blick zuwarf.

»Auweia!«, piepste Lars. »Aber dieses Jahr taut der Schnee bestimmt rechtzeitig weg, oder?«

»Das wollen wir hoffen«, sagte Papa.

»Ganz bestimmt«, sagte Mama, aus deren gefährlichem Jetzt-lass-mal-gut-sein-Blick der noch viel gefährlichere Jetzt-*ist*-es-aber-mal-gut-Blick geworden war.

Lars' Augen glänzten, aber er war tapfer und heulte noch nicht. Das machte er erst, als der Weihnachtsmann ihm den Arm um die Schultern legte und ihn fest an sich drückte. Bestimmt hatte es der Weihnachtsmann genau umgekehrt gemeint, aber er kannte Lars eben noch nicht so gut. Wenn er glänzende Augen bekommt, lässt man ihn am besten ganz in Ruhe, dann kriegt er sich von alleine wieder ein. Wenn man ihn trösten will, ist es aus.

Der Weihnachtsmann war ein bisschen ratlos, das sah man ihm an. Wenn Lars nämlich heult, dann richtig. Mama funkelte Papa an, als wollte sie sagen: Verflixt noch mal, muss das sein?, und Papa sah auch aus, als täte ihm die Sache schrecklich leid.

»Nicht doch, Lars ...«, fing er an, und wahrscheinlich wollte er ihm alles erklären, aber genau da drückte der Weihnachtsmann Lars noch fester an sich und sagte mit seiner ganz tiefen Stimme:

»Dieses Jahr scheint Ostern die Sonne, versprochen!«

Dann beugte er sich zu Lars hinunter und flüsterte ihm was ins Ohr, wie er's schon mal gemacht hatte. Und auch diesmal wollte Lars nicht verraten, was. Dabei hab ich ihm später, beim Zähneputzen, sogar den Überraschungsei-Batman angeboten, den er mir immer abluchsen will. Aber nichts. Er schüttelte nur grinsend den Kopf.

In jedem Fall musste es was Schönes gewesen sein, was der Weihnachtsmann ihm zugeflüstert hatte, denn Lars grinste dabei bis zu den Ohren, obwohl ihm noch die Tränen übers Gesicht liefen. Und es kam noch besser:

»Ich geh schon mal Zähne putzen!«, sagte er und sauste die Treppe hoch.

Mama und Papa schauten einander kopfschüttelnd an. Dass Lars freiwillig schlafen ging, war noch überhaupt nie vorgekommen. Vielleicht fragten sie den Weihnachtsmann deshalb nicht, wie er sich mit dem Osterwetter so sicher sein konnte. *Ich* hätte ihn gefragt, aber genau als ich es wollte, sagte Mama:

»Wie wär's, wenn du dir an deinem kleinen Bruder ein Beispiel nehmen würdest?«

Da bin ich auch Zähne putzen gegangen und hab *nicht* gefragt. Und danach hab ich den Quatsch mit dem verschneiten Ostern erst mal vergessen.

Bis ich ein paar Tage später am Zimmer des Weihnachtsmanns vorbeikam und die Tür einen Spaltbreit offen stand. Da hab ich ihn reden hören und bin stehen geblieben, weil ich wusste, dass Mama und Papa bei der Arbeit waren und Lars mit Magnus und seinen Eltern beim Schlittenfahren. Ich war eigentlich nur überrascht, weil ich mir nicht vorstellen konnte, dass er Besuch hat. Schließlich wohnte er ja geheim bei uns. Dann merkte ich, dass er nur telefonierte.

»Wie oft soll ich's denn noch sagen: am ersten April und

keinen Tag später!«, hörte ich ihn schimpfen. »NEIN! NEIN, ES REICHT EBEN NICHT AM ZEHNTEN, HIMMELHERRSCHAFTSZEITEN NOCH MAL!«

Dann war ein Moment Pause, in dem ich ihn nur schnaufen hörte.

»Gut«, sagte er danach. »Gut, dann geh ich dir eben auf die Nerven, aber es bleibt dabei: am ersten April! … Danke gleichfalls!«

Das war's. Gleich darauf hörte ich seine Schritte und machte, dass ich wegkam. Im Esszimmer sah ich dann, dass unser festes Telefon auf der Station lag. Der Weihnachtsmann musste ein Handy haben.

April

Mama und Papa wunderten sich, als ich ihnen von dem Handy erzählte, aber sie fanden es nicht schlimm.

»Besser er telefoniert, als dass er sich noch mal mit dem alten Miesepampel anlegt«, sagte Papa.

»Oder Sachen zerdeppert«, sagte Mama, die immer noch ihrer schönen blau-weiß gestreiften Vase nachtrauerte.

»Und was meint ihr, was das mit dem ersten April sollte?«, fragte ich.

»Vielleicht hat er irgendwelche himmlischen Freunde zu einem Aprilscherz angestiftet«, witzelte Papa, aber das hörte Mama schon nicht mehr, weil genau da Lars nach Hause kam und Magnus mitbrachte, der mit Stiefeln voller Schnee und Matsch die Treppe hochlaufen wollte.

Mir selbst fiel das komische Telefongespräch noch ein paarmal ein, wenn ich an der Tür zum Zimmer des Weihnachtsmanns vorbeikam. Aber obwohl ich jedes Mal die Ohren spitzte, hörte ich ihn nicht noch mal telefonieren, und irgendwann hab ich die Ohren nicht mehr gespitzt.

Dann war der erste April. Ein Sonntag.

Ich hatte mir den Wecker auf sieben Uhr gestellt, weil mich meine Freundin Maren und ihre Eltern zum Skilaufen abholen wollten. Von uns zu Hause bis zu den Bergen sind es fast anderthalb Stunden Fahrt, da muss man beizeiten los.

Ich bin auf Zehenspitzen ins Bad geschlichen, hab mich angezogen und bin runter in die Küche. Ich wollte nur schnell ein Müsli essen, und auf dem Weg vom Kühlschrank zum Tisch hab ich zum ersten Mal aus dem Fenster geschaut. Da hab ich's gesehen:

Es war alles grün! Ohne das kleinste Fitzelchen Schnee!

Dabei hatte es im Wetterbericht geheißen, der Schnee bleibe noch mindestens drei, vier Tage liegen und vielleicht sogar bis Ostern. Ostern war in einer Woche.

Ich hab mich erst gezwickt, ob ich vielleicht noch schlafe und nur träume, dass ich schon aufgestanden bin. Aber es war kein Traum. Und da klingelte auch schon mein Handy. Es war Maren.

»Hast du schon rausgeschaut?«, hat sie gefragt.

»Gerade erst«, hab ich gesagt.

»Wir haben uns erst mal gekniffen.«

»Ich mich auch. – Und jetzt?«

»Wir überlegen noch. Vielleicht fahren wir ins Hallenbad, aber ich ruf noch mal an.«

»Okay, bis später!«, hab ich gesagt.

Dann bin ich die Treppe hochgerannt und hab an die Tür vom Gästezimmer geklopft.

»Was ist denn?«, hab ich Papa müde brummen hören.

»Der ganze Schnee ist weg!«, hab ich gerufen.

»Aprilscherze bitte erst ab zehn!«, kam es müde zurück.

Aber ich ließ nicht locker.

»Das ist kein Aprilscherz!«, hab ich gerufen. »Ehrlich nicht! Draußen ist alles grün, ohne das kleinste Fitzelchen …«

Weiter bin ich nicht gekommen, weil da Mama die Tür aufgemacht hat. Sie hatte den Bademantel an und sah noch ganz zauselig aus. Zauselig und schlecht gelaunt.

»Wieso bist du überhaupt noch da?«, wollte sie wissen.

»Ich sag doch, der Schnee ist weg! Wieso glaubt mir denn keiner?«

»Wir glauben dir doch, Schätzchen«, sagte Mama. »Und jetzt komm mit ins Bad und wisch dir den Müslischnurrbart ab!«

»Was für einen Müslischnurrbart?«, ist es mir rausgerutscht, und schon im selben Moment wusste ich, dass sie mich reingelegt hatte.

»April, April!«, hat sie gemurmelt und ist im Badezimmer verschwunden.

Unser oberes Badezimmer hat nur ein kleines Kippfenster aus milchigem Glas, aber Mama muss es aufgekippt und durch den Spalt an der Seite geschaut haben. Jedenfalls kam sie, kaum dass sie im Bad verschwunden war, wieder heraus und rannte mit wehendem Bademantel an mir vorbei.

Ratsch, ratsch!, machte es, als sie die Vorhänge im Gästezimmer aufriss, dann schüttelte sie Papa und sagte:

»Ole, sieh dir das an! Der ganze Schnee ist weg!«

Ich stand immer noch an der Tür und sagte: »Sag ich doch.«

»Oh nein, *bitte*!«, stöhnte Papa und steckte den Kopf unters Kopfkissen. »Könnt ihr eure Scherze nicht machen, wenn ich ausgeschlafen habe?!«

»Was für Scherze, Papa?«, rief es da von hinter mir.

Wir mussten ziemlich laut gewesen sein, sonst wäre Lars so früh am Sonntagmorgen bestimmt nicht aufgewacht. Er rieb sich noch verschlafen die Augen, aber dann streckte er sich und schaute über meine Schulter zu Mama, die wieder am Fenster stand.

»He, der ganze Schnee ist ja weg!«, rief er.

Und da verlor Papa die Nerven.

»Schluss, aus, raus hier!«, schrie er und warf das Kopfkissen nach uns.

Ich konnte mich noch ducken, aber Lars kriegte es mitten ins Gesicht.

»Ich hab doch gar nichts gemacht!«, beschwerte er sich und pfefferte das Kissen zurück.

Aber er traf nicht. Zum Werfen hatte sich Papa halb aufsetzen müssen, aber als das Kissen geflogen kam, lag er schon wieder flach. Das Kissen segelte über ihn weg, und genau da machte Mama das Fenster auf. Wahrscheinlich wollte sie wissen, wie kalt es draußen ist. Oder wie warm. Jedenfalls flog das Kissen zum Fenster hinaus und landete im Garten. Was nicht weiter schlimm gewesen wäre. Schließlich kann man Kissen waschen.

Aber im Garten waren die Rentiere, und aus irgendeinem Grund mochten sie das Kissen. Sie konnten sich nur nicht einigen, wer es haben durfte. So hat es Mama später erzählt. Richtig gefetzt hätten sie sich darum und alle gleichzeitig mit den Zähnen daran gezerrt. Hinterher, als das Kissen kaputt war, habe es in einem kleinen Stück Garten doch wieder ausgesehen, als hätte es geschneit. Jetzt, wo es passierte, wollte Mama das Kissen aber noch retten.

»He, halt, nicht!«, schrie sie aus dem Fenster. »Wollt ihr wohl aufhören!«

»Himmel, was ist denn jetzt schon wieder?«, stöhnte Papa und zog sich die Bettdecke über den Kopf.

»Die Rentiere fressen dein Kopfkissen auf«, sagte Mama, was ja stimmte.

Aber Papa glaubte es trotzdem nicht. Er kam unter der Bettdecke vor, griff sich seine Brille vom Nachttisch, stieg aus dem Bett und schlurfte leise vor sich hin schimpfend ins Bad. Da muss er dann, wie Mama, durch den Kippfensterspalt ins Freie geschaut haben. Und genau wie Mama kam er gleich wieder raus und rannte an Lars und mir vorbei zum Gästezimmerfenster. Da stand er dann und schüttelte den Kopf.

Auch beim Frühstück schüttelte Papa noch den Kopf. Er ist nämlich Lehrer für Physik und Geografie, und mit dem Wetter kennt er sich echt gut aus.

»So ein Temperaturanstieg kann überhaupt nicht sein«, murmelte er immer wieder. »Nicht bei der Großwetterlage.«

Aber man brauchte nur aus dem Fenster zu schauen, dann sah man's ja. Bis auf die Stelle, wo die Federn von Papas Kopfkissen verstreut lagen, war der Garten so grün, als wäre über Nacht der Frühling ausgebrochen.

»Gibt's so was nicht in der Wüste, dass wie durch Zauberei auf einmal Blumen wachsen und alles?«, fragte ich vorsichtig.

»Stimmt«, sagte Papa. »Wenn es nach Monaten oder Jahren der Trockenheit wieder mal regnet und die Sonne auf die überall verstreuten Samen brennt. Aber wir sind hier nicht in der Wüste, und heute Nacht hat bestimmt nicht die Sonne gebrannt.«

»Es ist auch noch ganz schön kalt«, sagte Mama.

»Nur der Schnee ist weg«, sagte Papa.

»Aber erst wolltest du's nicht glauben, und jetzt ist dein Kopfkissen futsch«, sagte Lars zufrieden.

Das war ziemlich frech, und wer weiß, was Papa Lars erzählt hätte, wenn nicht genau da zwei Sachen gleichzeitig passiert wären: Der Weihnachtsmann kam aus seinem Zimmer, und mein Handy klingelte. Gerade hatte Papa noch ausgesehen, als wollte er Lars sagen, dass er nicht so frech sein soll, und jetzt verzog er plötzlich die Augen zu schmalen Schlitzen und fragte den Weihnachtsmann:

»Wollen Sie nicht drangehen?«

Der Weihnachtsmann machte ein Gesicht, als verstünde er nicht mal, wovon Papa redete. Und Papa blinzelte mir so blitzschnell zu, dass es bestimmt niemand anders merkte. Ich verstand, was er mir damit sagen wollte: dass ich bloß das Handy stecken lassen soll. Als es dann wieder klingelte, verstand der Weihnachtsmann.

»Ich habe gar kein Handy«, sagte er und setzte sich auf seinen Platz.

»Ach nein?«, sagte Papa.

Da wusste ich, worauf er hinauswollte: Ihm war eingefallen, was ich von dem Telefonat des Weihnachtsmanns erzählt hatte, und jetzt versuchte er rauszukriegen, ob das was mit dem geheimnisvollen Tauwetter zu tun hatte. Schließlich war's dabei irgendwie um den ersten April gegangen.

»Nein«, sagte der Weihnachtsmann. »Meine Wichtel wollen mir schon lange eins verpassen, aber ich bin für das neumodische Zeug zu alt.«

»Ihre *was*?«, fragte Mama.

»Meine Wichtel«, sagte der Weihnachtsmann. »Hab ich von denen noch nicht erzählt?«

Nein, das hatte er nicht, darum schüttelten wir jetzt alle die Köpfe.

»Tut mir leid«, sagte der Weihnachtsmann, »aber so ist das,

wenn man ein paar Hundert Jahre alt ist – man wird langsam vergesslich. Wenn Sie mich daran erinnern, erzähl ich Ihnen gelegentlich von den kleinen Schlingeln, ja?«

Jetzt nickten wir alle, und danach musste ich endlich ans Handy, denn das konnte nur Maren sein, die mir sagen wollte, ob wir jetzt ins Hallenbad fuhren oder nicht.

Wir fuhren wirklich ins Hallenbad, darum weiß ich nur von Lars, dass Papa das ganze Frühstück über nicht lockergelassen hat und immer wieder auf die Sache mit dem Handy und dem Wetter zurückgekommen ist. Aber der Weihnachtsmann hat die ganze Zeit so getan, als hätte er keine Ahnung, was Papa von ihm wollte.

Ob er in letzter Zeit nicht doch mal telefoniert habe, wollte Papa wissen. – Aber ganz bestimmt nicht. Wie denn auch, wenn er gar kein Handy habe?

Ob man sich bei ihm zu Hause im Weihnachtsmanndorf in den April schicke? Oder bei den Engeln im Himmel? – Nein, solche Albernheiten überlasse man den Menschen.

Ob er als Weihnachtsmann sich den plötzlichen Wetterumschwung erklären könne? – Nein, überhaupt nicht. Aber er habe fest damit gerechnet.

Aha. Und wieso? – Das habe ihm sein Bauchgefühl gesagt. Wenn auf etwas Verlass sei, dann auf seinen Bauch.

»HO-HO-HO-HO-HO!«

Es war nichts aus ihm rauszukriegen. Aber abends, als wir alle beim Abendessen saßen, ist dann was Komisches passiert: Es hat geklingelt und nicht wieder aufgehört, und als Lars aufmachen ging, war niemand draußen. Eigentlich hätte es Magnus sein müssen, der kurz vorher gegangen war und öfter noch mal zurückkommt, weil er irgendwas vergessen hat. Aber er war's nicht, und als das Klingeln aufhörte, machte Lars die Tür zu und kam achselzuckend zurück.

»Wahrscheinlich irgendwelche dummen Jungs«, sagte Mama.

Aber von wegen!

Mai

Wie es an Ostern war? Toll! Der Osterhase hat sich echt angestrengt. Oder okay: Mama und Papa. Natürlich glaub ich nicht mehr an den Osterhasen, ich bin schließlich schon in der Vierten. Auch letztes Jahr hab ich schon nicht mehr dran geglaubt, als ich noch in der Dritten war. Aber Lars schon, obwohl ihm Magnus ganz genau erklärt hat, warum Hasen hundertprozentig keine Eier legen können.

»Mann, im Herbst kommen wir in die Zweite!«, hat er geschimpft. »Da musst du so was doch kapieren!«

»Ich kapier's ja«, hat Lars gesagt. »Es ist mir bloß egal.«

Da hat es Magnus aufgegeben.

Das Tollste, was Lars dann beim Ostersachensuchen gefunden hat, war ein Schokohase, der ihm fast bis zum Gürtel ging. Meiner war nicht ganz so groß, dafür gab's mehr Marzipaneier. Die mag ich wahnsinnig gern.

Es war so schönes Wetter, dass wir die Gartenmöbel rausstellen und den Osterkakao auf der Terrasse trinken konnten. Der Weihnachtsmann war auch dabei. Lars hat ihm eins von seinen Schokoeiern geschenkt, und er hat sich ordentlich mit Füllung vollgekleckert, weil er mit der wohl nicht gerechnet hatte. Aber so, wie sein Mantel inzwischen aussah, fiel es schon gar nicht mehr auf. Mama wollte den Mantel immer mit in die Wäsche stecken, aber der Weihnachtsmann fand, das habe noch Zeit.

»Lecker!«, sagte er, als er das Ei verputzt hatte, dann lehnte er sich in seinem Korbsessel zurück und schaute gut gelaunt in den Garten. Wir dachten, er sieht den Rentieren beim Osterglockenknabbern zu, aber plötzlich kniff er die Augen zu Schlitzen zusammen und zeigte auf die Holunderbüsche ganz hinten, wo unser Garten zu Ende ist.

»Täusche ich mich oder blitzt da was?«, fragte er.

Wir haben hingeschaut, und ja, da blitzte wirklich was in den Büschen, an vier verschiedenen Stellen sogar: dreimal bunt und einmal schneeweiß.

»Wer als Erster da ist!«, rief Lars und sauste so schnell los, dass Papa, Mama und ich keine Chance hatten.

Als wir auch bei den Büschen ankamen, hielt uns Lars schon einen Hasen in buntem Glitzerpapier entgegen. Er war nicht so groß wie sein Schokohase, aber er sah klasse aus: mit einer grünen Latzhose mit einem Loch für den weißen Puschel, einem gelben Hemd und langen aufgestellten Ohren. Das Komische war nur, dass die Ohren aus einer roten Zipfelmütze mit einem weißen Bommel herausschauten.

»Es sind Weihnachtshasen!«, rief Lars begeistert.

»Stimmt«, sagte Mama, die sich auch nach einem bückte.

Ich holte mir den dritten, der ein bisschen tiefer in den Büschen steckte, und er sah genauso aus.

Nur Papa kriegte keinen Hasen. Er musste am tiefsten in die Büsche kriechen, und als er wieder rauskam, hatte er ein neues Kopfkissen in der Hand. Es war schneeweiß, und mit rotem Faden war OW draufgestickt.

»Sieh einer an, sogar mit Monogramm!«, sagte Mama.

Dann kamen die Rentiere gelaufen, und Papa versteckte das Kissen schnell hinter dem Rücken. Aber das nützte nichts. Er musste ins Haus rennen, sonst hätten sie ihm das neue Kissen auch zerfetzt.

»HO-HO-HO-HO-HO!«, lachte der Weihnachtsmann, als Papa an ihm vorbeiflitzte, und genau da kam Frau Blume aus dem Haus. Inzwischen kannte sie den Weihnachtsmann – oder klar: Onkel Klaus – und wusste, dass sein Lachen nicht gefährlich war. Sie grüßte freundlich zu uns herüber, dann stutzte sie und kam an den Zaun zwischen ihrem Garten und unserem. Auf ihrer Seite wachsen dort Heckenrosen, und irgendwas musste sie dazwischen entdeckt haben. Sie verschwand kurz, als sie sich bückte, dann zeigte sie uns, was sie gefunden hatte: einen Hasen in Glitzerpapier, der genauso aussah wie unsere drei.

»Was ist *das* denn?«, wunderte sie sich.

»Ein Weihnachtshase!«, rief Lars, und der Weihnachtsmann legte noch mal von vorne los.

»HO-HO-HO-HO-HO!«

So ging es an Ostern bei uns zu, aber es war genau wie in der Woche davor mit dem Wetter. Man konnte den Weihnachtsmann löchern, wie man wollte, es war nichts aus ihm rauszukriegen. Nein, wo die mysteriösen Hasen und Papas neues Kopfkissen herkämen, könne er uns leider auch nicht sagen. Überhaupt, wie käme er dazu, dem Osterhasen ins Handwerk zu pfuschen?

Lars überlegte lange, dann gab er sich einen Ruck und versuchte es ein allerletztes Mal: »Magnus sagt, den Osterhasen gibt's gar nicht«, sagte er.

»Genau wie mich!«, trompetete der Weihnachtsmann. »HO-HO-HO-HO-HO!«

Ich glaube, dazu wäre höchstens Magnus noch was eingefallen, aber der war, wie an Weihnachten, bei seiner Uroma. Später, als wir ihm von den Weihnachtshasen und dem Kissen erzählten, machte er sein Schlaumeiergesicht und sagte: »Interessant – vor allem das mit Frau Blume.«

Von da an schaute Magnus, wenn er bei uns war, öfter aus dem Fenster und zu Frau Blumes Haus hinüber. Sie stehe dauernd an ihrer Terrassentür, und manchmal winke sie zu uns herüber, zum Schlafzimmerfenster, genauer gesagt, und was das zu bedeuten habe, sei ja wohl klar.

»Na und?«, sagte Lars dann. »Mir doch egal.«

Ehrlich gesagt, fand ich die Frage, ob zwischen Frau Blume und dem Weihnachtsmann was war, auch nicht so spannend. Außerdem hatten wir bald nach Ostern andere Sorgen: Im Mai haben nämlich Lars und ich Geburtstag. Ich am 17. und er am 22. Wir feiern natürlich jeder für sich mit unseren Freunden, aber am ersten darauffolgenden Sonntag kommen immer beide Omas und Opas zu Besuch. Das ist schön, weil sie noch mal Geschenke bringen, aber diesmal gab's ein kleines Problem. Sie wussten nämlich noch nichts von unserem geheimen Gast, und das mit dem Onkel von den Weihnachtsinseln konnten wir ihnen ja schlecht erzählen. Wenn es den gegeben hätte, hätten sie ihn schließlich gekannt.

»Und wenn wir ihn bitten, im Zimmer zu bleiben?«, fragte Papa, als wir darüber sprachen.

»Besonders nett wäre das nicht«, sagte Mama.

»Wir können ihn ja fragen, ob er einverstanden ist«, schlug ich vor. Wir hatten uns extra in meinem Zimmer getroffen, und als ich kurz aus dem Fenster schaute, sah ich Frau Blume zum Schlafzimmerfenster hin winken. Magnus hatte also recht.

»Ich find's fies«, sagte Lars.

»Und was schlägst du stattdessen vor?«, fragte Papa.

»Weiß nicht«, sagte Lars.

Damit war mein Vorschlag angenommen. Gleich abends hat Papa den Weihnachtsmann gefragt, und er war nicht beleidigt und nichts.

»Aber sicher doch«, hat er gesagt. »Ich muss sowieso bald mit der Arbeit anfangen, dann kann ich schon mal meine Werkzeugliste schreiben.«

Wir waren echt froh, und es wäre auch fast alles glattgegangen. Wir kriegten tolle Geschenke: Lars ein Lego-Batmobil zum Selberbauen, einen neuen Fußball und ein gruseliges Gruselbuch, ich Glitzerjeans und Glitzerturnschuhe und ein noch gruseligeres Gruselbuch, weil ich schließlich schon älter bin. Dann gab es Kaffee und Kakao mit Kuchen im Wohnzimmer, weil es draußen geregnet hat, und nur ein einziges Mal hat es irgendwo im Haus gerumpelt, aber so leise, dass es die Omas und Opas wahrscheinlich gar nicht hörten.

Gehört haben die Omas und Opas erst das Scheppern im Flur, als der Weihnachtsmann die angemalte Milchkanne umschmiss. Die hatte Mama extra aus dem Keller hochgeholt, damit alle ihre nassen Schirme abstellen konnten. Die Wetekamp-Oma wollte gerade an ihrem Kaffee nippen und hat sich so erschrocken, dass sie dem Poneleit-Opa die Hose vollgekleckert hat. Poneleit, so heißt Mama mit Mädchennamen.

»Um Himmels willen, habt ihr euch zu den Rentieren noch einen Hund angeschafft?«, hat die Wetekamp-Oma gefragt.

Papa hatte den Omas und Opas erzählt, die Rentiere hätten wir uns als lebende Rasenmäher zugelegt, und einen Hund wünschen Lars und ich uns schon immer.

»Nein«, hat Papa gesagt. »Aber vielleicht war die Haustür nicht richtig zu und eins von den Rentieren ist reingekommen. Ich schau gleich mal nach.«

Aber da hat es im Flur schon geächzt und gestöhnt, dass es ganz bestimmt kein Rentier sein konnte, und bis Papa seinen Stuhl zurückgeschoben hatte, stand er schon in der Tür: der Weihnachtsmann. Nur ohne Mantel. Die Stiefel hatte er an, aber darüber etwas, was wie ein Riesenstrampler aussah. Weiß mit roten Punkten und vorne auf der Brust mit Knöpfen. In ganz alten Filmen sieht man manchmal Männer, die so was als Unterwäsche tragen, nur ohne Punkte.

Ich sah, wie Mama sich auf die Lippen biss und Papa die Augen zumachte, als wäre, was er nicht mehr sehen konnte, auch nicht mehr da. Der Weihnachtsmann *war* aber noch da, und Papa machte die Augen auch bald wieder auf.

»Äh … ja … darf ich … äh …vorstellen …«, stotterte er.

»Ruprecht, mein Name«, unterbrach ihn der Weihnachtsmann und machte eine tiefe Verbeugung. »Tut mir leid, dass ich unangemeldet hereinplatze, aber die Klingel hat nicht funktioniert und die Tür stand offen. Ich bin bei Frau Blume im Nachbarhaus zu Besuch und wollte fragen, ob Sie eventuell etwas Zucker entbehren könnten. Ich hatte versprochen, welchen mitzubringen, und hab's leider verschusselt.«

»Aber bitte, gern!«, sagte Mama und sauste in die Küche. Dafür, dass sie nur ein bisschen Zucker in eine Kaffeetasse füllte, blieb sie ganz schön lange weg, aber als sie zurückkam, musste sie sich wenigstens nicht mehr auf die Lippen beißen. Sie sah nur aus, als hätte sie irgendwas ins Auge bekommen und zu heftig dran herumgerieben.

»Tausend Dank!«, sagte der Weihnachtsmann, als sie ihm die Tasse gab. »Einen schönen Nachmittag noch, die Herrschaften!«

Dann machte er wieder eine tiefe Verbeugung und ging. Diesmal schepperte es nicht im Flur. Es machte nur zweimal leise kracks!, dann sahen ihn diejenigen von uns, die mit dem Gesicht zum Fenster saßen, die Einfahrt entlanggehen und wenig später drüben an Frau Blumes Haustür klingeln. Mama war eine von denen mit Fensterblick, und als Frau Blume die Tür aufmachte, biss sie sich doch wieder auf die Lippen.

»Ein *sehr* netter Mann!«, seufzte die Wetekamp-Oma.

»Und so gut erzogen!«, seufzte die Poneleit-Oma.

»Vielleicht *etwas* eigenwillig gekleidet«, fand der Wetekamp-Opa, und der Poneleit-Opa nickte.

»Ihr zwei habt aber auch immer was zu meckern«, sagte die Wetekamp-Oma, und die Poneleit-Oma gab ihr recht: »Lass Sie, Lieselotte, aus ihnen spricht der Neid der Herren in karierten Bollerjacken!«

Mama musste danach ganz schnell noch mal in die Küche, weil sie angeblich nicht wusste, ob sie die Kaffeemaschine ausgeschaltet hatte. Aber Papa blieb sitzen und pustete durch wie manchmal, wenn er einen ganzen Nachmittag Klassenarbeiten korrigiert hat. Ich konnte das gut verstehen. Als ich von meinem Kakao trinken wollte, merkte ich, dass mir vor Aufregung die Hände zitterten. Nur Lars sah aus, als hätte ihm die ganze Geschichte einen Riesenspaß gemacht. Er guckte immer wieder zum Nachbarhaus hinüber, und als Mama zurückkam, tönte er:

»Ich weiß sogar, wo der Herr Ruprecht herkommt: von den Weihnachtsinseln!«

Da musste Mama glatt noch mal in die Küche zurück. Aber zum Glück war alles gut gegangen.

Nur die Schirme der beiden Opas waren kaputt. Das war das »Kracks!« gewesen, als der Weihnachtsmann durch den Flur ging. Aber die hässlichen grauen Dinger hatten den Omas sowieso schon lange nicht mehr gefallen. Jetzt sollten die Opas neue bekommen.

»Weiß mit roten Punkten«, schlug die Wetekamp-Oma vor, und die Poneleit-Oma lachte sich darüber schlapp.

Juni

Es war aber alles ganz anders, als wir dachten. Wir erklärten uns den seltsamen Auftritt des Weihnachtsmanns ja so, dass er heimlich doch durchs Haus geschlichen und dabei über den Milchkannenschirmständer gestolpert war. Da habe er schnell eine Ausrede erfinden müssen, dachten wir, und nur darum habe er die Geschichte von Frau Blume und dem verschusselten Zucker erzählt. Aber er war wirklich bei Frau Blume gewesen! Zum Kaffee. Und Frau Blume hatte darauf bestanden, fix seinen Mantel in die Waschmaschine und den Trockner zu stecken. Mama war richtig ein bisschen beleidigt, dass er es sich von der hatte gefallen lassen.

»Sieht wieder wie neu aus, das gute Stück, stimmt's?«, fragte er beim Abendessen und strich sich stolz mit den Fingerspitzen über die Ärmel.

»Wir kennen's ja nur bekleckert«, sagte Mama.

Das war nicht nett, aber der Weihnachtsmann fand es lustig.

»HO-HO-HO-HO-HO!«, lachte er, und Papa wechselte schnell das Thema, bevor Mama endgültig sauer wurde. Wenn alle Omas und Opas da waren, braucht sie sowieso immer eine Weile, bis sie wieder ihre normal guten Nerven hat.

»Was mir gerade einfällt ...«, sagte Papa, als der Weihnachtsmann ausgelacht hatte, »... wollten Sie uns nicht irgendwann von Ihren Wichteln erzählen?«

»Au ja!«, sagte Lars. »Sind das so was Ähnliches wie Trolle?«

»Trolle – HO-HO-HO-HO-HO!«, trompetete der Weihnachtsmann. »Das ist gut! Das muss ich mir merken, wenn sie mal wieder frech werden.«

Jetzt war zur Abwechslung Lars ein bisschen beleidigt, aber nicht lange, denn was wir von den Wichteln erfuhren, war echt spannend. Bis dahin hatten wir ja nicht mal gewusst, dass es die überhaupt gab. Dabei hätte man sich denken können, dass der Weihnachtsmann seine Arbeit unmöglich ohne Helfer schaffen kann. Wie soll er denn wohl ganz allein allen Kindern auf der Welt Geschenke bringen? Und auch noch immer die richtigen? Das geht doch gar nicht. Schon fürs Wünschesortieren bräuchte er wahrscheinlich Jahre. Und erst fürs Besorgen! Oder fürs Einpacken! Und manche seien ja auch noch Handarbeit, erzählte er uns.

»Wirklich?«, fragte Papa.

»Alles, was aus Holz ist«, sagte der Weihnachtsmann. »Holzeisenbahnen für die Kleinen zum Beispiel. Die Lokomotiven mache ich sogar noch selbst. Darum übrigens auch die Werkzeugliste.«

»Die jetzt wahrscheinlich doch nicht fertig ist«, sagte Papa.

»Aber selbstverständlich ist sie das!«, sagte der Weihnachtsmann. »Lenchen schreibt sie mir nur noch ins Reine. Sie hat so eine wunderbare Handschrift, während meine – na ja, reden wir nicht drüber!«

»Lenchen?«, fragte Mama.

»Magdalena«, sagte der Weihnachtsmann und kriegte plötzlich noch rötere Backen, als er sowieso schon hatte. »Frau Blume.«

Es war irgendwie ein bisschen peinlich, aber Papa fragte zum Glück gleich wieder nach den Wichteln. Ob die dann für die anderen Spielsachen zuständig seien, wollte er wissen. Schließlich gebe es nicht nur welche aus Holz.

»Wohl wahr«, seufzte der Weihnachtsmann. »Obwohl ich mir manchmal wünschte, die Kinder bekämen ihre sprechenden Puppen und blinkenden Raumschiffe nur zum Geburtstag. Oder ihre neuen Handys. Von all den neumodischen Sachen verstehe ich leider gar nichts.«

»Und darum bauen *die* dann die Wichtel, stimmt's?«, fragte Lars.

»Du liebe Zeit, nein!«, sagte der Weihnachtsmann. »Schienen für die Holzeisenbahn kann man sie schnitzen lassen oder Waggons. Sonst haben sie's nicht so mit dem Bauen. Aber sie probieren die Sachen aus. Sie sortieren die Wünsche, besorgen alles, was wir zum Verschenken brauchen, und am Ende packen sie es hübsch ein. Aber das Wichtigste ist, dass sie die Geschenke ausprobieren. – Man muss ja wissen, ob alles funktioniert und nicht irgendwas für Kinder zu gefährlich ist.«

»Hört sich vernünftig an«, sagte Papa, aber Mama hob die Augenbrauen.

»Und das passiert dann alles hier bei uns?«, fragte sie.

Oder eigentlich war es gar keine Frage. Das konnte man sich ja denken. Der Weihnachtsmann nickte auch nur freundlich und beruhigte Mama, die meiste Zeit würden wir die Wichtel gar nicht bemerken. Sie arbeiteten nämlich immer nur nachts.

»Nachts?«, fragte Mama, deren Augenbrauen gar nicht mehr nach unten wollten.

»Damit sie nicht stören«, sagte der Weihnachtsmann. »Übrigens waren sie schon mal hier und haben sich umgesehen, die naseweisen Schlingel.«

Auf einmal hoben sich auch Papas Augenbrauen.

»Wann?«, fragte er.

Und jetzt staunten wir: Am ersten April war das gewesen, abends, als es geklingelt hatte und Lars aufmachte und niemand draußen war. Da seien die Schlingel schnell reingewitscht, und Lars habe sie nur nicht gesehen, erzählte der Weihnachtsmann.

»Heißt das, sie sind unsichtbar?«, fragte Papa.

»Nein«, sagte der Weihnachtsmann. »Nur wieselflink und sehr klein.«

»*Wie* klein?«, fragte Lars, als glaubte er kein Wort.

»Ungefähr so«, sagte der Weihnachtsmann und zeigte es mit Daumen und Zeigefinger. Wenn das stimmte, waren die Wichtel so winzig, dass sie in ein Überraschungsei gepasst hätten.

»Und wie sind sie dann zum Klingelknopf hochgekommen?«, fragte Lars in einem Schlaumeierton, den er sich nur von Magnus abgehört haben konnte.

»Sie stellen sich einer dem anderen auf die Schultern«, sagte der Weihnachtsmann. »Man wundert sich manchmal, wo sie auf die Art überall hinkommen.«

Man sah Lars an, dass er nachrechnete, wie viele Wichtel es dann mindestens gewesen sein mussten, aber das kriegte erst Magnus raus, als wir's ihm am nächsten Tag erzählten.

»Wenn einer von denen drei Zentimeter groß ist und es bis zum Klingelknopf ein Meter zwanzig sind, müssen es genau vierzig gewesen sein«, rechnete er uns vor. »Klingeln die eigentlich immer, wenn sie kommen?«

»Nein«, sagte Lars. »Das eine Mal wollten sie sich nur einen Jux machen.«

»Das hat der Weihnachtsmann aber nicht erzählt«, sagte ich.

»Euch anderen nicht, aber mir«, sagte Lars.

Dann verschwanden die zwei in Lars' Zimmer, und ich musste los in die Flötenstunde.

Von da an merkten wir fast jeden Tag, dass die Wichtel nachts im Haus gewesen waren. Meistens in der Küche. Mal war Zucker im Salzfässchen und dafür Salz in der Zuckerdose, mal fand Papa die Käsereibe unterm Küchentisch in seinen Pantoffeln und überlegte, ob es ein Witz sein sollte. Einmal hatte jemand abends die offene Butterdose neben dem Kühlschrank auf der Arbeitsplatte vergessen, da war morgens der Korkenzieher oben in die Butter gedreht und drum herum sah man Spuren von winzig kleinen Schuhen. Ach ja, und Schalen mit Gebäck oder Nüssen durfte man auf keinen Fall herumstehen lassen, sonst waren sie morgens leer gefuttert.

Wochenlang ging das so, und eigentlich war es gar nicht so schlimm. Im Gegenteil: Wenn man abends mal schmutziges Geschirr nur in die Spüle stellte, war es morgens in die Spülmaschine geräumt. Mama und Papa wollten es erst gar nicht glauben, aber dann fanden sie, das könne gern so weitergehen, sie hätten sich schon immer Heinzelmännchen gewünscht. Das hörte der Weihnachtsmann gern, das sah man ihm an.

»Die Heinzelmännchen, sind das die aus Köln, die nachts gekommen sind und den Menschen die Arbeit abgenommen haben?«, fragte Lars.

Papa hatte uns die Geschichte nämlich mal vorgelesen.

»Gut aufgepasst, Sohnemännchen«, freute er sich.

»Die wollten aber nicht gesehen werden, stimmt's?«, fragte Lars. »Und wie ihnen die naseweise Schneidersfrau eine Falle gestellt hat, sind sie nie mehr wiedergekommen. – Wollen die Wichtel auch von niemand gesehen werden?«

»Tja«, sagte Papa. »Da müssen wir wohl unseren Gast fragen.«

»Von mir schon«, sagte der Weihnachtsmann schmunzelnd.

»Und von uns?«, fragte Lars.

Der Weihnachtsmann schmunzelte immer noch, als er sagte: »Von den Menschen eher nicht.«

Wenn er gewusst hätte, dass Lars das alles haargenau Magnus weitererzählen würde, hätte er wahrscheinlich nicht geschmunzelt. Magnus hatte nämlich gleich eine Idee. In der Heinzelmännchengeschichte ist es ja so, dass die naseweise Schneidersfrau Erbsen auf die Treppe streut, damit die Heinzelmännchen runterpurzeln und der Lärm sie verrät und die Schneidersfrau sie ertappt. Magnus' Idee war, dass Lars und er genau dasselbe mit den Wichteln probieren.

Er habe Magnus noch daran erinnert, dass die Heinzelmännchen danach abgehauen und nie mehr wiedergekommen seien, hat Lars hinterher behauptet. Magnus sei sich nur sicher gewesen, dass die Wichtel ganz bestimmt nicht abhauen würden. Schließlich sei der Weihnachtsmann ihr Chef und brauche sie, da würde er ihnen was husten. Nur darum habe er, also Lars jetzt, überhaupt mitgemacht.

Die Wichtel sind dann auch nicht abgehauen, aber es hat einen ziemlichen Ärger gegeben. In den Sommerferien war das schon. So lange haben die zwei Schlaumeier gewartet, weil sie dachten, dass Mama und Papa dann nicht so aufpassen und sie leichter nachts im Haus herumgeistern können.

Juli

Die Ferien fingen im Juli an. Da hatten wir uns schon angewöhnt, das Geschirr abends gar nicht mehr in die Spülmaschine zu räumen. Das machten ja nachts die Wichtel für uns.»Was würde eigentlich passieren, wenn einer von uns sie überraschen würde?«, fragte Papa eines Abends, und ich sah, wie Lars zusammenzuckte. Ich hab mich noch gewundert, aber auf die Idee, dass er und Magnus genau das vorhatten, bin ich natürlich nicht gekommen.

»Nichts«, sagte der Weihnachtsmann. »Die sind so flink – bis ein Mensch richtig hingeschaut hat, sind sie schon irgendwo hingewitscht.«

»Das wollen wir doch mal sehen!«, soll Magnus gesagt haben, als Lars es ihm erzählte.

Schon in der nächsten Nacht wollten sie es dann probieren und wie die Schneidersfrau Erbsen auf die Treppe streuen. Lars hatte nur noch Bedenken, ob die Wichtel überhaupt die Treppe hochgingen, aber für den Fall hatte sich Magnus auch schon was überlegt: Sie würden sich von oben an die Treppe schleichen und ein Gespenstergeheul anstimmen, nur ganz leise, aber die Wichtel würden bestimmt trotzdem neugierig werden und nachsehen kommen, was da oben los ist. Er und Lars müssten dann nur noch warten, bis es rumpelt, und dann schnell das Licht anknipsen. Eigentlich ganz einfach.

Aber Lars war der Plan trotzdem nicht geheuer. Jedenfalls hat er's später so erzählt. Vor allem hätte ihn gestört, dass oben nicht nur unsere Zimmer waren, sondern zu der Zeit auch Papa und Mama im Gästezimmer geschlafen haben.

»Willst du die Wichtel jetzt sehen oder nicht?«, habe Magnus gefragt, und da habe er nachgegeben.

Magnus hat dann bei Lars übernachtet, und als wir alle in unseren Betten lagen und im Haus Ruhe war, schlichen sich die zwei zur Treppe. Ob dann alles genauso war, wie Lars erzählt hat, weiß ich nicht, aber ich kann's mir gut vorstellen.

Lars hatte, wie ausgemacht, die Erbsen besorgt und in seinem Zimmer versteckt, und als er sie jetzt aus der Sockenschublade holte, waren es tiefgekühlte. Magnus kriegte die Krise.

»Oh Mann, nein! Das müssen doch getrocknete sein!«

»Wieso?«, fragte Lars mit der tropfenden Tiefkühlpackung in der Hand.

»Wieso? – Damit man drauf ausrutschen kann, du Dödel! Die hier tritt man doch höchstens fest!«

Da hatte Magnus natürlich recht, aber getrocknete Erbsen hatten wir nun mal nicht im Haus, und abbrechen wollte er das Unternehmen Wichtelerwischen auch nicht.

»Na schön«, sagte er. »Dann warten wir eben, bis sie in die Dinger reintreten und schimpfen, weil sie denken, dass die Erbsenmatsche unter ihren Füßen irgendwas Ekliges ist.«

»Hundekacke oder so«, sagte Lars kleinlaut.

»Seit wann habt ihr einen Hund?«, pampte Magnus ihn an, da war er lieber still. Er traute sich auch nicht zu sagen, dass ihm ein bisschen mulmig wurde, weil Erbsenmatsche grün und der Teppichboden auf unserer Treppe rot ist.

Dann haben sie also die Erbsen gestreut. Das heißt, Magnus hat sie gestreut, und Lars hat oben an der Treppe die Ohren gespitzt, ob sich im Haus irgendwas rührt. Es blieb aber alles mucksmäuschenstill. Bis es vom Kirchturm Mitternacht schlug. Wenn alles still ist, hört man das bei uns.

Genau mit dem zwölften Glockenschlag ging es los, und Magnus war sich sicher, dass die ersten Geräusche unten aus dem Zimmer des Weihnachtsmanns kamen. Erst gab es einen Rums, als würde ein Fenster zu heftig aufgestoßen, dann hörte man kurz die tiefe Weihnachtsmannstimme und danach nur noch Gewisper und Gewusel. Als wären Mäuse im Haus, erinnerte sich Magnus später. Dann knarrten hintereinander zwei Türen, und beide Male fiel ein Lichtschein unten in den Flur. Als es zum zweiten Mal wieder dunkel war, ging das Geklapper in der Küche los, und oben boxte Magnus Lars in die Seite. Das war das Zeichen für Stufe zwei des Plans: das leise Gespenstergeheul.

»Schuhuuu!«, machten die zwei Schlaumeier und warteten, was passierte.

Aber das Geklapper in der Küche ging weiter. Anscheinend war das Gespenstergeheul *zu* leise gewesen.

»Schuuuhuuuuu!«, probierten sie es ein bisschen lauter.

Wieder nichts. Also holten die zwei Schlaumeier tief Luft und drückten auf die Tube:

»SCHUUUHUUUUU!!!«

Erst wurde es in der Küche ganz still, dann ging wieder das Gewisper und Gewusel los. Eine Tür knarrte, kurz fiel ein Lichtschein in den Flur, dann bewegte sich das Gewisper und Gewusel in Richtung Treppe.

»SCHUUUUUHUUUUUUU!«, legten die zwei Schlaumeier noch mal einen Zahn zu.

Und jetzt ging es am Fuß der Treppe los.

»Hopp und hopp und hopp …!«, hörten sie die Wichtel rufen. Ganz klar, sie kletterten einander auf die Schultern. »… und hopp und hopp und hopp!«

Schon wuselte es auch auf der Treppe. Und da lagen nun die Erbsen. Es war nur trotzdem anders, als die zwei Schlaumeier es sich ausgedacht hatten. Sogar Magnus hatte übersehen, dass die Wichtel ja viel zu klein waren, um in die Erbsen reinzutreten. Für die waren Erbsen so groß, wie es für Lars und Magnus zum Beispiel Kürbisse gewesen wären. Oder Medizinbälle.

Die Wichtel traten also nicht rein in die Erbsen, sondern stießen höchstens dagegen, und der ein oder andere stolperte auch ein Loch hinein, aber sonst passierte nichts. Die Wichtel wunderten sich nur. Und einer, ein kleiner Wilder, der in dem Jahr zum ersten Mal mit zu den Menschen durfte, fand die weichen Riesenkugeln sogar richtig klasse. Daniel hieß er, und er konnte einfach nicht anders: Er musste eine davon in die Höhe stemmen und auf die nächste Treppenstufe runterpfeffern.

Da stand nur leider ein Uraltwichtel, der die weiche Kugel an den Kopf bekam, wo sie mit einem lauten »Platsch!« zerplatzte. Das gab eine ganz schöne Schweinerei, und so was ließ sich ein Uraltwichtel natürlich nicht gefallen. Er schnappte sich schimpfend eine andere weiche Riesenkugel und pfefferte sie nach oben, wo die andere hergekommen war. Er schaffte es nur nicht bis zur nächsten Treppenstufe. Stattdessen traf er genau den mittleren von fünf Kollegen, die auf derselben Stufe aufeinanderstanden, weil sie gerade auf dem Weg nach oben waren.

»He, was soll das, du Töffel?«, schimpfte der Wichtel, der

die Matschekugel abbekam. Dann kam er ins Wackeln, und der ganze Wichtelturm stürzte in sich zusammen.

Von da an gab's kein Halten mehr. Der getroffene Wichtel schmiss eine Matschekugel nach dem Uraltwichtel, und obwohl er sich rechtzeitig ducken konnte, schmiss der Uraltwichtel eine Matschekugel zurück. Er traf aber nur einen der Kollegen, die sich nach ihrem Sturz vom Boden aufrappelten, und als der auch eine Matschekugel zurückschmiss, war die schönste Tiefkühlerbsenschlacht im Gange.

»Nimm das, du Schlumpf!«

»Na warte, du Knilch, das gibt Saures!«

»Und das und das und das!«

»Haha, zielen müsste man können, du – au!«

So ging es zu. So hat es uns der Weihnachtsmann am nächsten Morgen erzählt und gemeint, man könne den Wichteln nicht mal böse sein. So schnell, wie alles ging, hätten sie schließlich nicht wissen können, dass es nur eine Verkettung unglücklicher Umstände war. So hat er sich ausgedrückt: »eine Verkettung unglücklicher Umstände«, und Mama hat den Kopf geschüttelt. Aber wie gesagt, das war am nächsten Morgen.

Jetzt gab es erst mal ein Höllenspektakel, und oben auf der obersten Treppenstufe saß Magnus neben Lars und rieb sich die Hände. Sein Plan hatte geklappt. Er brauchte nur noch aufzustehen und das Licht anzuknipsen. Dachte er. Aber er brauchte das Licht nicht anzuknipsen. Das machte schon Mama, die von dem Krach auf der Treppe wach geworden war.

Für einen Moment schmissen und schimpften die Wichtel noch weiter, dann schauten sie erschrocken nach oben und witschten davon, diesmal ohne einander auf die Schultern zu klettern. Sie sprangen einfach von Stufe zu Stufe in die Tiefe, und wo noch heile Erbsen lagen, sprangen sie von oben drauf, weil sie so weicher landeten. Platsch!, machte es, platsch!, platsch!, dass die Erbsenmatsche nur so spritzte. Trapp-trapp-trapp!, wuselten die Wichtel unten durch den Flur, und als es knarrte, wussten Mama und die zwei Schlaumeier oben, dass die Tür zum Zimmer des Weihnachtsmanns aufgegangen war.

BANG!, machte es, als sie ins Schloss fiel. Der Weihnachtsmann musste sie selbst zugeknallt haben, denn mit so viel Schmackes konnten das die Winzlinge bestimmt nicht.

Der Spuk war vorbei, und Mama hatte noch keinen Ton gesagt. Erst hatte sie den Wichteln hinterhergeschaut, dann auf die eingesaute Treppe, und jetzt schaute sie auf die zwei Schlaumeier zu ihren Füßen. Die schauten aber nicht zu ihr hoch. Das trauten sie sich nicht.

»Tut mir leid, Mama«, piepste Lars. »Wir wollten doch nur …«

»… was ausprobieren«, piepste Magnus.

Mama sagte immer noch nichts. Sie packte die beiden Schlaumeier nur am Kragen ihrer Schlafanzüge und zog sie langsam zu sich hoch. Dann drehte sie die beiden um, und als sie mit gesenkten Köpfen vor ihr standen, zeigte sie mit ausgestrecktem Arm auf die Tür zu Lars' Zimmer. Das weiß ich so genau, weil ich kurz vorher auf den Flur gekommen war. Genau wie Papa, den der Krach als Letzten aufgeweckt hatte.

Die zwei Schlaumeier schlichen davon und machten die Tür zu Lars' Zimmer so leise zu, dass man die Kirchturmuhr Viertel nach zwölf schlagen hörte.

Es war wieder mucksmäuschenstill im Haus. Das Donnerwetter gab es erst am Morgen.

August

Mamas Donnerwetter sind ganz leise, aber das macht sie nur noch schlimmer. Wir waren einer nach dem anderen auf Zehenspitzen die Treppe runtergegangen, weil überall noch getrocknete Erbsenmatsche lag, und jetzt saßen wir am Frühstückstisch. Bis der Weihnachtsmann kam, klapperten alle nur mit den Kaffeelöffeln und Messern, aber als er auch auf seinem Platz saß, nickte Mama Lars und Magnus zu und sagte, ohne die Stimme zu heben:

»Erzählt!«

Und da erzählten sie. Den ganzen Quatsch und ohne Ausrede, weil das sowieso nichts genützt hätte, das wussten die beiden ganz genau. Es war ihnen nur alles schrecklich peinlich.

»Na sauber«, sagte Mama, als sie fertig waren. »Und jetzt zu den Wichteln – führen die sich öfter so auf?«

Mama schaute den Weihnachtsmann genauso streng an wie vorher die beiden Jungs, aber er lächelte tapfer.

»Nein«, sagte er. »Sie haben sich nur fürchterlich erschrocken.« Und jetzt kam das mit den verketteten Umständen: »Ganz ehrlich, wenn mir mitten in der Nacht was riesig großes Weiches an den Kopf geflogen wäre, hätte ich mich wahrscheinlich genauso aufgeführt. Es war einfach eine Verkettung unglücklicher Umstände, da kann man den kleinen Schlingeln eigentlich nicht böse sein. Übrigens haben sie sich auch schon angeboten, heute Nacht alles schön sauber zu machen.«

Ich fand, das war großzügig von den Wichteln, aber Mama hatte schon bei den verketteten Umständen den Kopf geschüttelt, und jetzt schüttelte sie ihn noch heftiger.

»Danke, nicht nötig«, sagte sie. »Das übernehmen schon die Jungs.«

Ich weiß nicht, wie es bei Magnus ist, wenn er zum Putzen eingeteilt wird. Lars macht normalerweise Theater oder behauptet, er hätte wahnsinnig viel Hausaufgaben auf. Aber diesmal nicht. Diesmal nickte er nur. Und Magnus auch.

Damit war das Wichtigste geklärt, aber Mama hatte trotzdem noch zwei Fragen an den Weihnachtsmann. Die erste davon hatte ich mir auch schon gestellt, aber die zweite nicht. Die hat mich ehrlich überrascht.

»Was mich interessieren würde …«, fing Mama ganz harmlos an, »… können Ihre Wichtel nun im Dunkeln sehen oder brauchen sie Licht? Auf der Treppe kam's mir vor, als fänden sie sich gut im Dunkeln zurecht, andererseits haben die Jungs was von Licht in der Küche erzählt.« Und jetzt kam's: »Was ich aber noch viel spannender finde: Wieso sind Ihre kleinen Helfer eigentlich genauso angezogen wie die seltsamen Weihnachtshasen, mit denen Sie als Weihnachtsmann angeblich überhaupt nichts zu schaffen hatten?«

»Stimmt!«, rief Lars. »Grüne Hosen, gelbe Hemden und Weihnachtsmützen! Wir haben's auch gesehen!«

»Nur ohne Puschel und lange Ohren«, sagte Magnus, der Lars' Weihnachtshasen mit aufgefuttert hatte.

Holla! Da hatten sie den Weihnachtsmann erwischt.

»Äh … ja«, sagte er. »Doch, sie sehen im Dunkeln fast genauso gut wie bei Licht, sie knipsen's nur gern an. Das macht ihnen Spaß. Überhaupt sind sie ganz wild auf alles, was einen Schalter hat, und wenn's dann auch noch ordentlich Radau macht, sind sie nicht mehr …«

So weit kam der Weihnachtsmann, dann fiel ihm Mama ins Wort. Das mit dem Radau stimmte aber ganz genau, das sollten wir noch merken.

»Die Kleider«, sagte Mama. »Ich hatte nach den Kleidern gefragt.«

»Äh … also … ja«, sagte der Weihnachtsmann gequält. »Die Schlingel sollten Extrahasen besorgen, als kleine Aufmerksamkeit meinerseits, und … nun ja, da haben sie sich einen kleinen Spaß erlaubt. Das machen sie gern.«

»Und das Kopfkissen?«, fragte Papa.

»War auch ihre Idee«, sagte der Weihnachtsmann. »Genau wie der Weihnachtshase für Lenchen – Frau Blume. Sie finden immer, ich sollte mich … nun ja, nach jemand Nettem umsehen, falls ich mich mal zur Ruhe setze, wenn Sie verstehen.«

»Klar verstehen wir!«, krähte Magnus und ließ vor Aufregung das Messer auf den Teller fallen. »Und? Wird was draus?«

Das schien ihn mächtig zu interessieren, aber Mama überhaupt nicht.

»Das geht niemanden was an, und kleine naseweise Schlaumeier schon gar nicht«, sagte sie und bekam dafür den wahrscheinlich dankbarsten Weihnachtsmannblick aller Zeiten.

Gleich nach dem Frühstück mussten Lars und Magnus dann ran: erst mit Teppichmessern ganz vorsichtig die eingetrocknete Erbsenmatsche wegkratzen, danach die schmutzigen Stellen mit einem nassen Schwamm betupfen und hinterher blitzschnell verschwinden, weil Mama die Feinarbeit mit dem Teppichputzmittel lieber selber erledigte. Sie kam dann aber nur bis zur zweiten Stufe, weil Papa schnell in den oberen Stock wollte und meinte, rot mit grünen Tupfen hätte er eigentlich auch schön gefunden. Von da an durfte *er* weitermachen.

Aber alles war gut, und ich war richtig froh. Ich hatte mir nämlich schon Sorgen wegen unserer Reise nach Italien gemacht. Wir wollten wie jedes Jahr für zwei Wochen ans Meer, und ich hatte mir überlegt, ob Mama und Papa nach der Nacht mit der Tiefkühlerbsenschlacht womöglich Angst hatten, den Weihnachtsmann allein im Haus zurückzulassen. Mama hat ihn auch ganz ernst gefragt, ob er allein zurechtkommt, aber er hat sie beruhigt: Sie solle sich bitte keine Sorgen machen, die Wichtel hätten ihm versprochen, brav zu sein, und was ihn selbst angehe, Lenchen – Frau Blume – habe schon vorgeschlagen, für ihn mitzukochen. Außerdem könne man ja miteinander telefonieren.

»Dann haben Sie also doch ein Handy?«, fragte Papa dazwischen.

»Nein«, sagte der Weihnachtsmann. »Aber ich kann abnehmen, wenn das Telefon klingelt.«

So haben sie's dann ausgemacht, und die zwei Wochen in Italien waren toll. Den ganzen Tag am Meer und abends Pizza mit Orangenlimo, die wir zu Hause nicht trinken sollen! Jeden zweiten Tag hat Papa zu Hause angerufen, und immer war alles okay. Nur Magnus hat Lars ein paarmal komisches Zeug gesimst: Herr Fröhlich schleiche jeden Tag vor unserem Haus herum und glotze die Rentiere an. Und anscheinend warte er darauf, dass jemand aus dem Haus kommt, jedenfalls behalte er gleichzeitig die Haustür im Auge. Lars hat es uns immer gleich erzählt, wenn wieder eine SMS gekommen ist, aber Mama und Papa schien es nicht weiter zu interessieren.

»Soll der Miesepampel doch«, sagte Papa.

»Wenn's überhaupt stimmt«, sagte Mama.

»Denkst du vielleicht, Magnus lügt?«, fragte Lars beleidigt.

»Nein«, sagte Mama. »Ich denke nur, er hat eine lebhafte Fantasie.«

»Wieso weiß er das alles überhaupt?«, fragte Papa.

»Weil wir ausgemacht haben, dass er ein bisschen die Augen offen hält«, sagte Lars. »Für alle Fälle.«

Darüber kringelten sich Mama und Papa, und von da an erzählte Lars nichts mehr. Bis wir schon auf dem Heimweg waren. Samstags war das. Da kriegte er alle paar Minuten eine SMS, und die konnten nur von Magnus sein, weil Lars ein Handy hat, auf dem er nur von Mama, Papa, mir und Magnus angerufen oder angesimst werden kann. Und von Mama, Papa und mir waren die SMS nicht. Wir saßen ja alle mit ihm im Auto.

»Was gibt's denn so Wichtiges?«, fragte Mama irgendwann über die Schulter.

»Wahrscheinlich freut sich Magnus, dass wir endlich wieder nach Hause kommen«, vermutete Papa, der seit der letzten Raststätte am Steuer saß.

»Überhaupt nicht«, sagte Lars. »Weil das nämlich bedeutet, dass wir am Montag wieder in die Schule müssen.«

»Und was will er dann ständig?«, bohrte Mama nach.

»Ihr glaubt's ja doch nicht«, sagte Lars.

»Na los, Sohnemännchen!«, versuchte es Papa. »Wir platzen gleich vor Neugier.«

»Mir doch egal«, sagte Lars bockig.

Ich versuchte, auf sein Display zu schielen, aber er verdeckte es schnell mit der Hand.

»Okay, eine Tüte Chips an der nächsten Raststätte!«, machte Papa Lars ein Angebot.

»Und ein Überraschungsei!«, sagte Lars.

Er hofft immer, dass er auch einen Batman findet oder irgendwas so Tolles, dass ich meinen dagegen tausche.

»Abgemacht!«, sagte Papa.

»Die Polizei ist da«, sagte Lars.

»Wo?«, fragte Papa und schaute in den Seitenspiegel. »Hinter uns?«

»Nein, bei uns zu Hause«, sagte Lars.

»WAS?«

Mama fuhr herum, und Papa starrte durch den Rückspiegel zu uns nach hinten.

»Erst hat der Miesepampel bei uns geklingelt, dann ist der Weihnachtsmann rausgekommen, dann hat der Miesepampel sein Handy rausgeholt und die Polizei gerufen, und jetzt ist sie da, also zwei Polizisten in einem Polizeiauto, und sie wollen vom Weihnachtsmann wissen, wer er ist und ob ihm die Rentiere …«

Lars hatte so schnell geredet wie sonst höchstens Magnus, aber jetzt quakte sein Handy und er brach mitten im Satz ab. Ich weiß noch, dass ich mir kurz überlegte, ob ich mir den Froschton für die SMS auch aufspielen soll, und die zwei oder drei Sekunden reichten Lars, um Magnus' neueste SMS zu lesen.

»Jetzt reicht es den Polizisten und sie nehmen ihn mit«, verkündete er danach.

Mama und Papa schauten sich nur kurz an, dann sagte Mama: »Du fährst bitte trotzdem *nicht* schneller!«

Das war noch ein Stück vor der deutschen Grenze, aber erst dahinter sagte wieder jemand was. Es war Lars.

»Und jetzt?«, fragte er mit piepsiger Stimme.

»Fahren wir zur Polizeistation und sehen, was wir machen können«, sagte Papa ganz ruhig.

Aber er konnte uns nicht täuschen. Er war überhaupt nicht ruhig. Die ganze Zeit schimpfte er über andere Autofahrer und hörte erst auf, als Mama schimpfte, dass sein dauerndes Geschimpfe nervt. Mama schimpfte nicht richtig schlimm, und Papa schimpfte auch nicht zurück, aber Lars musste trotzdem ein bisschen weinen. Wir waren eben alle nervös, weil wir uns solche Sorgen machten, wie es dem Weihnachtsmann wohl bei der Polizei erging.

Und *ich* hab die Sache auch noch schlimmer gemacht. Nicht absichtlich natürlich. Mir ging nur plötzlich die Frage durch den Kopf, was eigentlich passierte, wenn sie auf der Polizeistation seine Papiere sehen wollten. Im Fernsehen wollen die Polizisten das ja immer. Also hab ich Mama und Papa gefragt, und bevor einer von ihnen antworten konnte, hat Lars richtig losgelegt. Es war dämlich von mir, ich weiß, und ich hätte mir die Zunge abbeißen können, aber nun war's eben raus, und ich konnte nur noch den Mund halten und warten, dass Lars sich wieder einkriegt.

Er kriegte sich aber nicht wieder ein, und als Papa schon von der Autobahn runter war und an einer Ampel halten musste, drehte Mama sich um und versuchte, die kleine Heulboje zu beruhigen.

»Es wird schon alles gut«, sagte sie. »Inzwischen wissen wir doch, dass er sich zu helfen weiß.«

»Aber …«, schniefte Lars, »… in seinem … schnief … Au-ausweis steht bestimmt ›Wei-weihnachtsmann‹, und wenn sie das … schnief … sehen …«

»Dann glauben sie bestimmt, es wäre ein Witz«, mischte Papa sich ein.

Aber jetzt hatte Lars Angst, dass sie den Weihnachtsmann einsperrten, weil die Fernsehpolizisten bei Papieren, mit denen was nicht stimmte, auch keinen Spaß verstanden.

»Hat sich eigentlich Magnus noch mal gemeldet?«, versuchte es Papa mit einem Ablenkungsmanöver.

Da war es ganz aus. Lars simste Magnus nämlich schon die ganze Zeit an und kriegte keine Antwort.

»NEIIIIIN!«, schluchzte er.

Von da an ließen ihn auch Mama und Papa in Ruhe. Bis wir zu Hause in unsere Einfahrt bogen und er schniefte:

»Ich dachte … schnief … wir fahren zur Po-polizeistation?«

»Das machen wir Erwachsenen vielleicht besser allein«, sagte Mama, und im Stillen gab ich ihr recht. Nachher rutschte der kleinen Heulboje noch irgendwas Falsches raus. Oder mir. Gerade war's mir ja passiert, und bei der Polizei wäre ich wahrscheinlich noch nervöser gewesen als mit Mama, Papa und Lars im Auto.

Mama gab mir ihren Hausschlüssel, dann stiegen Lars und ich aus.

»Haltet uns die Daumen!«, rief Papa aus dem offenen Autofenster.

Dann waren sie weg. Und ich schloss die Haustür auf. Und

Lars sagte: »Da läuft der Fernseher – Sportschau!« Dann sauste er los.

Als ich ins Wohnzimmer kam, hing er dem Weihnachtsmann schon schluchzend um den Hals. Der saß auf dem großen Fernsehsofa, tätschelte meinem kleinen Bruder den Kopf und fragte:

»Um Himmels willen, was hast du denn, mein Junge?«

Aber Lars konnte nicht sprechen. Nur schluchzen. Und ich konnte erst mal auch nicht sprechen. Weil ich einfach nicht glauben konnte, was ich sah. Schon dass der Weihnachtsmann zu Hause auf dem Sofa saß, war ja unglaublich, weil er doch eigentlich auf der Polizeistation sein sollte. Aber dazu hatte er noch einen hässlichen grünen Trainingsanzug an, und links und rechts von ihm saßen Magnus und Frau Blume!

»Äh ... hallo!«, sagte ich, als ich mich vom ersten Schreck erholt hatte.

Aber die auf dem Sofa schauten nicht mal zu mir her.

»Äh ... kann ich mal was fragen?«, fragte ich.

»Später!«, sagte Magnus. »Das ist gerade Bayern gegen Dortmund.«

»Tooor!!! ... Tor für Dortmund!«, tönte es aus dem Fernseher, und Magnus und Frau Blume klatschten sich ab.

September

Eigentlich war alles ganz einfach. Lars hatte in der Aufregung nur Magnus' SMS falsch verstanden.

Herr Fröhlich schreit, die Polizisten hätten wohl Tomaten auf den Augen, und stupst dem Weihnachtsmann mit dem Finger auf die Brust, und jetzt reicht es den Polizisten und sie nehmen ihn mit.

Das hatte Magnus gesimst, und natürlich war es Herr Fröhlich, den die Polizisten mitgenommen hatten. Papa und Mama schüttelten die Köpfe, als sie es lasen, aber sie waren nicht sauer auf Lars. Schließlich kam er erst in die Zweite, und dafür, dass sein bester Freund schon richtig schwere Erwachsenen-SMS schrieb, konnte er ja nichts. Mama und Papa waren nur froh, dass alles so gut ausgegangen war.

»Und warum hast du nachher nicht mehr geantwortet?«, wollte Lars von Magnus wissen.

»Wenn die Sportschau anfängt, schalt ich das Handy aus, das weißt du doch«, sagte Magnus.

Damit war das auch geklärt. Jetzt musste uns der Weihnachtsmann nur noch erzählen, wie es überhaupt zu dem Spektakel mit Herrn Fröhlich gekommen war. Mama und Papa wussten bis dahin nur, dass der die Polizei gerufen hatte, weil er angeblich beweisen konnte, dass es den Weihnachtsmann mit den Rentieren, den er im Winter hatte anzeigen wollen, wirklich gab. Die Polizisten hatten aber nur einen harmlosen älteren Herrn im Trainingsanzug angetroffen, und an einer kleinen Rentierherde im Garten hatten sie auch nichts Schlimmes finden können. Das war's, was Mama und Papa auf der Polizeistation erfahren hatten.

»Na ja …«, begann der Weihnachtsmann, und jetzt kam die Überraschung:

»Es war alles *meine* Schuld«, sagte Frau Blume.

Der Weihnachtsmann habe nur vorgeschlagen, dass sie mal einen kleinen Spaziergang zusammen machen könnten, erzählte sie. Aber *sie* sei es gewesen, die unbedingt beim Wendehammer am Ende des Käuzchenwegs habe vorbeischauen wollen. Genauer gesagt, an einem der Vorgärten dort, weil es darin die schönsten Heckenrosen weit und breit gebe.

Der Vorgarten war nur dummerweise der von Herrn Fröhlich, und als der Frau Blume mit dem Weihnachtsmann sah, nahm das Unheil seinen Lauf. Da hatte der Weihnachtsmann nämlich noch ganz normal seinen Mantel an, und was alles noch schlimmer machte, war, dass Herr Fröhlich, der alte Miesepampel, Frau Blume auch mal zu einem Spaziergang hatte einladen wollen und sie ihn hatte abblitzen lassen. Darum war er jetzt doppelt sauer, und nachdem er noch ein paar Tage lang vor unserem Haus herumspioniert hatte, rief er die Polizei. Sein Pech war nur, dass Frau Blume ihn bemerkte und sich ihren Teil dachte. Darum hatte sie auch darauf bestanden, dass der Weihnachtsmann den hässlichen grünen Trainingsanzug anzog, den sie noch von ihrem verstorbenen Mann im Haus hatte. Und als das Polizeiauto in die Einfahrt bog, war sie herübergekommen und hatte den Polizisten erzählt, dass der nette Herr im Nachbarhaus ein Onkel der Hausbewohner sei, die gerade Urlaub in Italien machten. Das hatte gereicht, und wenn Herr Fröhlich nicht so ein Theater gemacht hätte, wären die Polizisten wohl wieder davongefahren wie sonst auch, wenn der alte Miesepampel sie wieder mal wegen nichts und wieder nichts in den Käuzchenweg bestellte.

»Und sitzt er jetzt im Gefängnis?«, fragte Lars.

»Natürlich nicht«, sagte Magnus, bevor Mama und Papa auch nur den Mund aufmachen konnten. »Höchstens kriegt er selbst eine Anzeige wegen groben Unfugs oder so ähnlich.«

»Nein, er hat noch mal Glück gehabt«, sagte Papa.

»Die Polizisten haben uns erzählt, es hätte jemand angerufen und sich für ihn eingesetzt«, sagte Mama.

»Für den Miesepampel?«, fragte Magnus. »Wer macht denn so was?«

»Das wollten uns die Polizisten nicht sagen«, sagte Mama.

»Datenschutz«, sagte Papa.

Und jetzt kam wieder eine Überraschung:

»*Ich* war das«, sagte Frau Blume lächelnd. Dann seufzte sie und erklärte uns, Herr Fröhlich und ihr verstorbener Mann seien früher einmal gute Kollegen gewesen. Der arme Herr Fröhlich habe nur seine Pensionierung nie so richtig verkraftet.

»Und was waren der alte Mie… Herr Fröhlich und ihr Mann von Beruf?«, fragte Papa.

»Polizeibeamte«, sagte Frau Blume.

Es war ja nicht das erste Mal, dass wir den Weihnachtsmann lachen hörten, aber so laut wie jetzt war es noch nie gewesen. Erst schaute er auf seinen hässlichen grünen Trainingsanzug, dann schüttelte er sich und legte los.

»HO-HO-HO-HO-HO!«, trompetete er, und wir anderen

konnten nicht anders: Wir trompeteten mit. Die einen lauter, die anderen leiser und am komischsten Frau Blume, die gleichzeitig lachte und nieste, als kriegte sie vom Lachen Schnupfen: »Hi-ha-tschi-ha-hi-ha-tschi!« So hörte sich das an, und immer bei »tschi« rief der Weihnachtsmann mitten im Trompeten: »Gesundheit!« Frau Blume war echt witzig, und so wie die beiden sich anschauten, war ganz klar, dass sie einander mochten.

Genauso klar schien mir zu sein, dass Frau Blume wusste, mit wem sie es zu tun hatte. Trotzdem wartete ich eine Lachpause ab und fragte vorsichtshalber auch noch Magnus.

»Was denkst du«, flüsterte ich ihm ins Ohr, »weiß Frau Blume Bescheid?«

»Lenchen?«, flüsterte er zurück. »Die wusste das genauso früh wie ich.«

Dann wieherte er wieder los. Wenn er lacht, klingt er nämlich nicht wie ein Mädchen, sondern wie ein heiseres Pony.

»HO-HO-HO-HO-HO!«, trompetete der Weihnachtsmann, als er es hörte, und alles fing wieder von vorne an.

So war das an dem Abend, als wir aus dem Urlaub nach Hause kamen, und zusätzlich hatten alle gute Laune, weil Dortmund gewonnen hatte. Bestimmt fiel auch darum lange niemand auf, dass der Weihnachtsmann ein bisschen oft auf die Wanduhr neben der Tür zur Küche schaute. Erst Mama merkte was, wahrscheinlich weil sie nach dem späten Abendessen selber öfter hinschaute.

»Wie wär's denn mit Schlafengehen?«, fragte sie, als es schon auf zehn Uhr zuging. Damit meinte sie Lars und mich und natürlich Magnus, der seine Eltern schon gefragt hatte, ob er bei uns übernachten durfte. Frau Blume war auch noch da, aber sie war ja erwachsen.

»Nur noch bis zehn!«, bettelte Lars. »Es sind doch Ferien!«

»Aber nur noch bis Montag«, brummte da der Weihnachtsmann, und alle waren überrascht, weil er sich sonst nie in solche Sachen einmischte.

Mama hob auch gleich die Augenbrauen.

»Stimmt«, sagte sie und musterte den Weihnachtsmann streng. »Und vermutlich ist das auch der Grund, weshalb Sie dauernd auf die Uhr schauen, ja?«

Sie hatte ihn erwischt und er gab es auch gleich zu. Allerdings hatte er nicht wegen des Ferienendes auf die Uhr geschaut, sondern deshalb, weil Punkt Mitternacht genau in unserem Wohn- und Esszimmer ein großes Wichteltreffen stattfinden sollte.

»Und was ist daran so besonders?«, fragte Mama. »Die kommen doch schon die ganze Zeit ins Haus.«

Aber wie sich herausstellte, waren die Wichtel, die wir schon kannten, nur eine Vorhut gewesen, die sich mit den Örtlichkeiten vertraut machen sollte. Heute Nacht würde nun das erste große Team-Meeting *aller* Wichtel stattfinden, und in unserem Wohn- und Esszimmer deshalb, weil es der einzige Raum im Haus war, in den sie alle auf einmal hineinpassten. So hat es uns der Weihnachtsmann erklärt.

»*Team-Meeting*«, murmelte Papa, der was gegen englische Wörter hat, wo es ein deutsches genauso gut tun würde.

»Eine Art Arbeitsbesprechung«, sagte der Weihnachtsmann, der anscheinend dachte, dass Papa kein Englisch versteht. »Wir sagen ›Team-Meeting‹, weil die Wichtel ja von überall herkommen und Englisch die Sprache ist, die fast alle können.«

»Okay«, sagte Papa.

»Und darf man fragen, wie viele es sind?«, fragte Mama.

»Nun ja …«, sagte der Weihnachtsmann. »Oben im Norden haben sie schon die erste Schnupfenwelle, da müssen ein paar zu Hause bleiben.«

»WIE VIELE?«, ließ Mama nicht locker.

»Siebentausendsiebenhundertundvier«, sagte der Weihnachtsmann mit gesenktem Blick. »Eigentlich wären es siebentausendsiebenhundertsiebenundsiebzig, aber dreiundsiebzig haben Schnupfen.«

Mama sagte nichts mehr. Und Papa auch nicht. Sie sahen nur beide aus, als wollten sie gleich um Hilfe rufen. Sogar Frau Blume sah erschrocken aus, obwohl *sie* ja keinen Besuch von siebentausendsiebenhundertundvier Wichteln bekommen sollte.

»Darum wollte ich auch vorschlagen, dass wir vielleicht die empfindlichsten Sachen beiseiteräumen«, sagte der Weihnachtsmann immer noch mit gesenktem Blick.

»Danke, haben wir schon!«, seufzte Mama. »Die empfindlichsten Sachen weggeräumt, meine ich«, sagte sie, als sie merkte, dass der Weihnachtsmann nicht verstand, wovon sie redete.

Aber so verdutzt, wie er sie jetzt anschaute, verstand er's wohl immer noch nicht. Anscheinend war ihm gar nicht klar, für wie gefährlich Mama und Papa schon ihn allein hielten. Und jetzt sollten mehr Wichtel ins Haus kommen, als unsere kleine Stadt Einwohner hat!

Aber es ging komischerweise alles glatt beim ersten großen Wichteltreffen bei uns zu Hause. Am Sonntagmorgen waren nur alle Bücher aus dem großen Bücherregal geräumt und in hohen wackeligen Türmen auf dem Fußboden verteilt. Ich weiß nicht, ob ich's schon erzählt habe, aber bei uns im Haus gibt's richtig viele Bücher, und das große Bücherregal im Wohn- und Esszimmer reicht bis zur Decke und über eine ganze lange Wand.

»Die Wichtel wollten sie wieder einräumen, aber ich hab's ihnen verboten, weil sie immer alles durcheinanderbringen«, sagte der Weihnachtsmann, als er frühstücken kam.

»Danke!«, sagte Papa.

»Und warum haben sie die Bücher überhaupt ausgeräumt?«, fragte Mama.

»Weil man von den Regalbrettern aus besser sehen kann«, sagte der Weihnachtsmann. »Die Wichtel waren ganz begeistert, weil es bei vielen Leuten gar keine Bücherregale mehr gibt. Da kabbeln sie sich dann um die Plätze auf den Polstermöbeln, und unten auf dem Fußboden stehen sie einander auf den Füßen.«

Sonst erzählte er nichts von dem Meeting oder der Besprechung, auch nicht, als Magnus unbedingt wissen wollte, was denn da so alles besprochen worden sei.

»Noch nichts Endgültiges«, brummelte er nur.

Gerade hatte Mama noch auf die wackeligen Bücherstapel geschaut, aber jetzt wurde sie stutzig.

»Heißt das, es wird bald wieder so ein Meeting geben?«, fragte sie.

»Bis Weihnachten in jeder ersten Samstagnacht im Monat«,

sagte der Weihnachtsmann und schnappte sich das letzte Schokohörnchen.

Von da an schaute Mama wieder auf die wackeligen Türme und sah aus, als überlegte sie sich, ob es dann überhaupt einen Wert hatte, die Bücher wieder in die Regale zu räumen.

Magnus schaute auch auf die Türme, aber *er* hatte schon einen Plan:

»Ich schlage vor, wir fangen gleich nach dem Frühstück mit dem Einräumen an und sortieren die Bücher neu nach Gattungen und Sachgebieten statt einfach nur alphabetisch, dann kommen auch nicht mehr Kitschromane neben Hochliteratur zu stehen.«

Ich hab's mir gemerkt. Genauso hat er sich ausgedrückt. Und Mama hat gesagt, er soll bloß die Finger von den Büchern lassen, sonst kann es gut sein, dass sich hier bei uns im Käuzchenweg ein Kitschroman abspielt, in dem ein vorlauter kleiner Schlaumeier unter einem umgestürzten Stapel Hochliteratur begraben wird.

Das Frühstück war dann auch schnell zu Ende, und Mama und Papa haben allein mit dem Regaleinräumen angefangen. Erst haben sie für jedes Regalbrett die Bücher sortiert und in der richtigen Reihenfolge aufeinandergestapelt, dann haben sie das Brett schön abgestaubt und zum Schluss die Bücher draufgestellt.

Magnus schaute ihnen eine Weile kopfschüttelnd zu, dann zog ihn Lars weg, und sie verkrümelten sich nach oben in Lars' Zimmer. Ich war mit dem Spülmaschine-Einräumen dran und schon fast fertig, als ich Mama »Halt, nicht!« rufen hörte. Aber es war anscheinend schon zu spät, denn gleich darauf hörte ich erst ein heftiges Rumpeln und dann ein jämmerliches Ächzen und Stöhnen.

Später hat mir Mama erzählt, eigentlich habe der Weihnachtsmann nur Bescheid sagen wollen, dass er auf einen Sprung zu Frau Blume rübergeht. Er sei dabei nur über das schmale Bändchen mit Weihnachtsliedern gestolpert, das sie schon mal beiseitegelegt habe, weil ich doch bestimmt bald mit dem Üben anfangen wolle. An den Adventssonntagen und an Heiligabend singen wir bei uns nämlich Weihnachtslieder, das heißt, die anderen singen und ich spiele dazu Flöte, und ich weiß nicht, warum, aber Weihnachtslieder vergesse ich immer gleich wieder und muss sie im nächsten Jahr neu üben. Ausgerechnet über das Weihnachtsliedbändchen war der arme Weihnachtsmann also gestolpert und mitten in zwei frisch sortierte Bücherstapel gekracht.

Ich selber hab ihn nur kurz darauf aus dem Haus poltern hören, und als ich aus dem Küchenfenster schaute, sah ich ihn zu Frau Blume rübergehen. Komischerweise trug er da wieder den hässlichen grünen Trainingsanzug, obwohl er in seinem ganz normalen roten Mantel gefrühstückt hatte. Und noch etwas fiel mir auf, nämlich dass er ein bisschen gebeugt ging und ein Gesicht machte, als bereitete ihm irgendetwas großen Kummer. Erst dachte ich natürlich, das hätte was mit dem Rumpeln und Ächzen von vorhin zu tun. Aber warum hätte ihm das großen Kummer bereiten sollen? Kleine Missgeschicke passierten ihm doch dauernd.

Was soll ich sagen, ich hatte recht. Er hatte wirklich großen Kummer. Aber erfahren haben wir das erst nach dem zweiten großen Wichteltreffen im Oktober.

Oktober

Aber erst mal fing natürlich die Schule an, und wenn wir nachmittags nach Hause kamen, hörten wir es im Zimmer des Weihnachtsmanns ratschen und klopfen und brummen. Das Brummen kam von der kleinen Schleifmaschine, die zusammen mit einem Holzhammer, einem Satz Schnitzmesser und einem Satz Stemmeisen auf der Werkzeugliste des Weihnachtsmanns gestanden hatte. Papa hatte alles brav besorgt und auf Mamas Frage, ob es denn Schmirgelpapier ohne Schleifmaschine nicht auch getan hätte, nur die Achseln gezuckt. Seitdem brummte es tagsüber im Haus, und wenn es mal aufhörte, ratschte und klopfte es. Erst war es nervig, aber bald hörte man es gar nicht mehr, und abends, wenn der Weihnachtsmann Feierabend machte, fehlte komischerweise trotzdem was.

»Das ist wie bei Leuten, die am Bahndamm wohnen«, erklärte uns Magnus.

»Sag bloß«, sagte Papa.

»Ja«, sagte Magnus. »Das ist echt ein interessantes Phänomen.«

Das hat er wirklich so gesagt, und ein andermal ist er an der langen Bücherwand entlanggegangen und hat ein Buch herausgenommen und ein Stück weiter an einen anderen Platz gestellt.

»Darf man wissen, was du da machst?«, fragte Mama, die gerade den Tisch abräumte.

»Ich hab das Buch nur richtig einsortiert«, sagte Magnus. »Wenn man die Bücher schon nur alphabetisch ordnet, muss es ja wenigstens stimmen.«

Lars ist dann schnell zu ihm hingeflitzt und hat ihn aus der Tür geschoben, und der Weihnachtsmann hat sich das einzige Mal in der ganzen Zeit vor Lachen geschüttelt.

»HO-HO-HO-HO-HO!«

Sonst schaute er immer schrecklich bekümmert drein, sogar wenn er nachmittgas im Trainingsanzug auf einen Kaffee zu Frau Blume hinüberging.

Dann kam der erste Samstag im Oktober. Ich weiß noch, dass Dortmund in Wolfsburg verloren hat und wir alle ein bisschen traurig waren, aber niemand schaute nach der Sportschau so traurig wie der Weihnachtsmann. Weil er dabei dauernd zur Bücherwand schielte, fragte Mama irgendwann:

»Ist es heute Nacht wieder so weit?«

Der Weihnachtsmann nickte.

»Und jetzt machen Sie sich Sorgen, dass uns die Wichtelbande wieder die Bücher aus den Regalen räumt?«, fragte Papa.

»Ach, die Bücher …«, seufzte der Weihnachtsmann. »Wenn's nur um die Bücher ginge …«

»Heißt das, die räumen uns womöglich auch die Schränke aus?«, fragte Mama erschrocken.

Der Weihnachtsmann schüttelte den Kopf, aber Magnus, der an dem Samstag wieder über Nacht bleiben durfte, dachte anscheinend, er wüsste was.

»Ich hab's!«, rief er aufgeregt. »Heute Nacht wird besprochen, dass Weihnachten dieses Jahr ausfällt, weil die Wichtel protestieren, dass die Leute jedes Jahr mehr Wünsche haben.

Der Weihnachtsmann schnitzt und klopft und schmirgelt sich die Finger wund, und die Wichtel geben ihr Bestes, aber es ist einfach nicht mehr zu schaffen!«

Lars riss die Augen auf, als säße nicht sein bester Freund neben ihm auf dem Sofa, sondern ein Gespenst, aber der Weihnachtsmann schüttelte den Kopf.

»Nein, wir schaffen das schon«, sagte er. »Es ist anstrengend, aber wir kriegen es hin. Was mir Sorgen macht …«

»Ja?«, sagte Papa, als der Weihnachtsmann nicht weiterredete.

»*Was* macht Ihnen Sorgen?«, fragte Mama.

Aber jetzt kam wieder das Kopfschütteln.

»Warten wir ab bis morgen früh!«, sagte der Weihnachtsmann, und mehr war an dem Abend nicht aus ihm rauszukriegen.

»Jede Wette, ich hab recht!«, flüsterte Magnus mir auf dem Weg ins obere Stockwerk zu, und ganz ehrlich: Ich konnte lange nicht einschlafen, weil ich mir die ganze Zeit Weihnachten ohne Geschenke vorstellte. Dabei hatte ich gar nicht so viele Wünsche, nur ein neues Smartphone, neue Schlittschuhe, ein Paar Reitstiefel, einen Reiterhelm und Reitstunden auf demselben Ponyhof wie meine Freundinnen Maren und Mathilda, die immer fragen, wann ich mal mitkomme. Klar wusste ich nicht, ob ich das alles bekommen würde, aber ein paar Sachen davon bestimmt.

Als ich endlich einschlief, träumte ich von einer großen Wichteldemonstration, bei der die Wichtel in einer langen Schlange durch unser Haus zogen und Schilder hochhielten, auf denen sie sich beschwerten. *Auch Wichtel können nicht hexen!*, stand da. Oder: *Drei Geschenke für jeden, bitte sehr, sonst bringen wir euch gar nichts mehr!*

Ich weiß noch, wie ich im Traum dachte, okay, ich kann ja auch in Turnschuhen und mit meinem Fahrradhelm reiten, dann sind es nur noch drei Wünsche, aber gleich darauf bin ich aufgewacht und war klatschnass geschwitzt. Es war richtig fies, und anscheinend hat man's mir noch angesehen, als ich morgens zum Frühstück runterkam.

»Ist was, Liebes?«, fragte Mama, die als Erste aufgestanden war und noch allein am Tisch saß.

Dann hab ich die Bescherung vor der Bücherwand gesehen: Die Bücher waren diesmal nicht zu wackeligen Türmen aufgestapelt, sondern lagen kreuz und quer über den ganzen Fußboden verteilt. Es war, als hätte sie ein Sturm aus den Regalen geweht.

»Du liebe Zeit!«, ist es mir rausgerutscht.

Aber Mama fand es halb so schlimm: Ob man beim Sortieren falsche Stapel umschichte oder überhaupt erst Stapel mache, sei am Ende auch egal.

Dann kam Papa.

»Himmel hilf!«, stöhnte er, als er das Bücherdurcheinander sah.

»Ausgerechnet«, sagte Mama und goss ihm Kaffee ein.

Normalerweise muss Papa über solche Witze lachen, aber diesmal schüttelte er nur den Kopf.

Dann kamen Lars und Magnus.

»Auweia!«, sagte Lars.

»Darf ich *diesmal* helfen?«, fragte Magnus. »Ich kann auch nur die Endkontrolle machen, ob mit dem Alphabet alles stimmt.«

»Danke, sehr nett!«, knurrte Papa, und Mama funkelte Magnus an, dass jedem anderen die Knie geschlottert hätten, aber der kleine Schlaumeier merkte es nicht mal. Er war schon wieder eine Idee weiter.

»Oder wir sortieren doch neu nach Gattungen und so, dann könnten wir die Regale unter uns aufteilen und jeder die Bücher übernehmen, mit denen er sich am besten auskennt …«

Genau da kam zum Glück der Weihnachtsmann, sonst weiß ich nicht, ob Magnus nicht doch noch unter irgendeinem Bücherstapel gelandet wäre. Der Weihnachtsmann schaute gar nicht zu den verstreuten Büchern hin, aber logisch: Er war ja in der Nacht dabei gewesen.

»Tut mir ehrlich leid, aber man hat leider nicht auf mich gehört«, sagte er und nahm sich ein Schokohörnchen.

Der Arme sah so entsetzlich traurig aus, dass Papa ihn trotz allem zu trösten versuchte.

»Es sind doch nur Bücher«, sagte er und fing sich dafür auch einen Funkelblick von Mama ein.

»Bücher?«, fragte der Weihnachtsmann. »Ach so … Nein, ich rede nicht von den Büchern. Die kann man schließlich wieder einräumen.«

»Und wovon reden Sie dann?«, fragte Mama, die gar nicht mehr zu funkeln aufhörte.

Der Weihnachtsmann zögerte, dann gab er sich einen Ruck und sagte: »Von den neuen Wichteln.«

Als er danach in sein Schokohörnchen biss, sah er fast ein bisschen erleichtert aus. Aber Mama nicht. Im Gegenteil: Sie feuerte einen Funkelblick nach dem anderen auf den Weihnachtsmann ab.

»Sie meinen *noch mal* neue?«, fragte sie.

Der Weihnachtsmann nickte.

»Lepftef Mal konnte if …« Die Schokohörnchenkrümel flogen über den Tisch, Mama feuerte Funkelblicke ab, und der Weihnachtsmann schluckte, bevor er noch mal von vorne anfing: »Letztes Mal konnte ich noch einen Aufschub erreichen, aber jetzt haben es die himmlischen Herrschaften entschieden …«

»WAS?«, fragte Mama, als der Weihnachtsmann wieder zögerte.

»Nun ja … dass auch die Wichtel für die Erwachsenengeschenke zu uns stoßen«, sagte er leise.

Das war es also. Jetzt war es heraus. Wir wussten nur nicht, was daran so schlimm sein sollte. Das heißt, Magnus dachte, dass er's wüsste.

»Verstehe«, sagte er. »Die Erwachsenenwichtel sind natürlich größer als die Kinderwichtel, und darum richten sie noch ein viel größeres Chaos an.«

»Nein«, sagte der Weihnachtsmann. »Sie sind auch nicht größer als die anderen, und von ihrem Wesen her sind sie sogar die Besonneneren. Worüber ich mir vor allem Sorgen mache, sind die Geschenke für die Erwachsenen, jedenfalls in diesem Jahr.«

»WEIL?«, fragte Mama, die eindeutig die kürzesten Fragen der Welt stellen kann.

»Weil es dieses Jahr fast nur komplizierte Küchengeräte sind«, sagte der Weihnachtsmann. »Ob Männer oder Frauen, alle wünschen sich nur italienische Espressomaschinen, Dampfgarer und Turbomixer.«

Jetzt stellte Mama keine Frage mehr, auch keine kurze. Die

Sache war auch so sonnenklar. Wir wussten ja, dass die Wichtel alle Weihnachtsgeschenke ausprobieren mussten, und je komplizierter die waren, desto gefährlicher konnte es natürlich werden. Bisher waren es immer nur Kleinigkeiten gewesen, an denen man morgens sah, dass nachts die Wichtel in unserer Küche werkelten, auch seit nicht mehr nur eine Vorhut da war. Gut, es lagen ein paar Sachen mehr an Stellen, wo sie nicht hingehörten, und einmal waren die volle Butterdose und ein Teller Räucherfischreste mit in die Spülmaschine geräumt, aber du liebe Zeit, so was stört keinen großen Geist, wie Karlsson vom Dach immer sagt. Was passierte, wenn in unserer Küche erst mal italienische Espressomaschinen zischten, Dampfgarer dampften und Turbomixer mixten, wusste kein Mensch.

»Und ab wann dürfen wir mit den Erwachsenenwichteln rechnen?«, fragte Papa.

»Ab heute Nacht«, sagte der Weihnachtsmann.

»Dann wüsste ich gern …«, sagte Papa und schielte zu Mama hin.

»Ja?«, sagte der Weihnachtsmann.

»… ob ich auf meinem Wunschzettel noch was nachtragen kann?«, fuhr Papa fort. »Ich hätte schon immer gern eine italienische Espressomaschine, und mich nur nie eine zu wünschen getraut.«

Papa zwinkerte dabei, aber von Mama kam trotzdem ein Funkelblick.

So war das. So fing der Oktober an, und es wäre vielleicht alles nicht so schlimm gekommen, wenn die Sache mit den Erbsen auf der Treppe nicht gewesen wäre. Die hatten sich die

Wichtel von der Vorhut nämlich gut gemerkt, vor allem der kleine wilde Daniel, der als Erster eine von den grünen Matschekugeln in die Gegend gepfeffert hatte. Der erzählte die Geschichte seitdem jedem, der sie hören wollte, und das Pech war, dass es bei den Erwachsenenwichteln einen gab, der genauso wild war wie er und der auch zum ersten Mal mit zu den Menschen durfte. Da wollte er natürlich zeigen, was er für ein Kerl war, genau wie Daniel. Tom hieß er, und als er hörte, dass es Lars und Magnus gewesen waren, die sich den Erbsenstreich ausgedacht hatten, schlug er Daniel vor, es den beiden heimzuzahlen. »Erbse um Erbse!«, sagte er, und zusammen beschlossen sie, dass das ihr Kampfruf werden sollte. So hat es uns der Weihnachtsmann hinterher erklärt, aber erst mal wusste er davon genauso wenig wie wir. Die beiden kleinen Wilden dachten sich ihren Racheplan nämlich ganz allein aus.

Alle anderen Wichtel taten fleißig ihre Arbeit, und klar, nachts lagen wir öfter wach, weil es unten im Haus zischte, dampfte oder mixte. Aber es war nicht so schlimm, wie wir es uns ausgemalt hatten, und wir waren richtig überrascht, als uns der Weihnachtsmann eines Morgens erzählte, in der Nacht seien zum ersten Mal alle neuntausendneunhundertneunundneunzig Wichtel zusammen da gewesen, die Schnupfenwelle im Norden sei Gott sei Dank vorbei.

Von da an wussten wir, dass es zweitausendzweihundertzweiundzwanzig Erwachsenenwichtel sein mussten. Papa hat es uns schnell ausgerechnet und Magnus nachmittags noch mal. Aber wie gesagt, in der Küche gab es nicht viel mehr Spuren als schon die ganze Zeit, und lästig wurde es nur, wenn manchmal morgens der halbe Flur voller Weihnachtspäckchen stand und man nicht mehr an die Garderobe kam. Dann hatten es die Wichtel nicht mehr geschafft, die Päckchen alle in die Garage zu räumen, und der Weihnachtsmann entschuldigte sich und versprach, dass sie in der nächsten Nacht damit anfangen würden. Am nächsten Morgen war der Flur dann wieder leer, und nur Magnus machte sich noch Gedanken.

»Habt ihr mal nachgerechnet, ob so viele Päckchen überhaupt in eure Garage passen?«, fragte er an einem Sonntagmorgen, als er bei uns übernachtet hatte und vor dem Weihnachtsmann zum Frühstück kam. »Da steht schließlich schon sein großer Schlitten drin.«

»Und die Rentiere in unserem Garten können fliegen«, sagte Papa nur.

Ich musste kurz überlegen, was er meinte, aber Magnus kapierte es natürlich sofort.

»Auch wieder wahr«, sagte er.

Ach ja, und einmal steckte morgens eine halb aufgetaute Packung Tiefkühlerbsen zwischen den Kochlöffeln, die bei uns in einem alten Tonkrug neben dem Kochfeld stehen. Aber dabei hat sich niemand was gedacht.

November

Der November fing eigentlich gut an: Es war der erste Sonntag im Monat, am Samstag hatte Dortmund gegen Schalke gewonnen, und morgens standen die Bücher schön ordentlich in den Regalen.

»Soll ich vorsichtshalber trotzdem nachschauen, ob alles stimmt?«, fragte Magnus, der seit Neuestem fast jeden Samstag über Nacht blieb, aber ein Blick von Mama genügte, und er murmelte: »War ja bloß ein Vorschlag.«

Der Weihnachtsmann biss lächelnd in sein erstes Schokohörnchen und erklärte uns, diesmal hätten sie das Meeting ausfallen lassen, damit sie mit der Arbeit vorankämen und sich nicht an immer mehr Morgen immer mehr Weihnachtspäckchen im Haus stapelten. Inzwischen kam es nämlich vor, dass sie nicht nur die Garderobe versperrten, sondern auch den Weg zur Haustür. An solchen Tagen mussten wir morgens über die Terrasse aus dem Haus, und Mama vergatterte den Weihnachtsmann, die Päckchen bis nachmittags, wenn die Ersten von uns nach Hause kamen, selbst in die Garage zu räumen. Das machte er auch brav, und seit bei Papa mal die letzte Stunde ausfiel, wussten wir, dass Lenchen – Frau Blume – ihm dabei half.

Dass es nachts immer zischte und dampfte und mixte, merkten wir da längst nicht mehr. Es war genau wie mit dem Ratschen, Klopfen und Brummen bei Tag. Dabei übte ich sogar Flöte, und es machte mir nichts aus. Der Weihnachtsmann selbst war da viel empfindlicher, und manchmal kam er aus seinem Zimmer und rief die Treppe hoch, ob es nicht ein bisschen leiser gehe, Weihnachtslieder machten ihn nervös. Das hat uns natürlich gewundert, aber er hat's uns erklärt: Weihnachtslieder erinnerten ihn immer daran, wie schnell die Zeit bis Heiligabend verging und wie viel bis dahin noch zu tun war. Auch Weihnachtswerbung ging ihm schrecklich auf die Nerven, und wenn welche im Fernsehen kam, versank er noch tiefer in Mamas Lesesessel als sonst. Wir konnten das gut verstehen und nahmen alle Rücksicht darauf. Prospekte wanderten noch schneller zum Altpapier als sonst, und als Lars im Supermarkt Dominosteine in den Einkaufswagen legen wollte, brauchte Mama nur stumm den Kopf zu schütteln, und er legte sie, ohne zu meckern, zurück. Dabei meckert er sonst *immer*, wenn er was zurücklegen soll.

Doch, es war wirklich alles gut. Bis zu der Nacht, in der Daniel und Tom mit ihren Vorbereitungen fertig waren. Für ihren Racheplan, meine ich, und der ging so:

Erst mal wollten die zwei eine Weile unauffällig Erbsenpüree mixen. Viel Erbsenpüree. Und es heimlich in kleine Einfrierbeutel füllen. Wir essen gern Erbsen, darum haben wir immer welche da, und im Winter sind es tiefgekühlte. Die Beutel mit dem Püree wollten die zwei Rächer dann ganz hinten unter der Spüle verstecken und die leeren Packungen unter zwei volle in die Kühlschublade legen, damit erst mal niemand was merkt. Danach wollten sie nur noch abwarten, bis Magnus wieder bei Lars übernachten durfte, und wenn die Wichtelarbeit getan war und die beiden Jungs fest schliefen, wollten sie mit ein paar Kumpels, die sie in ihren Plan eingeweiht hatten, die Erbsenpüreebeutel nach oben in Lars' Zimmer schaffen und gleich hinter der Tür in einem großen Klacks auf dem Boden verteilen. Alles ganz leise natürlich, damit die Jungs nicht aufwachten. Das war der erste Teil des Plans.

Der zweite Teil sollte sein, dass sie die Tür einen Spaltbreit offen ließen und vom Flur aus so lange leise »Lars!« und »Magnus!« ins Zimmer riefen, bis die zwei aufwachten. »He, hallo, Jungs, hier sind die Wichtel!«, würden sie dann flüstern. »Wollt ihr auf einen Sprung mit runterkommen? Aber nicht das Licht anmachen, damit die Erwachsenen nichts merken!« Lars würde vielleicht zögern, aber Magnus bestimmt nicht. Der würde aufstehen und den Wichteln folgen, und was Magnus machte, das machte hundertprozentig auch Lars.

Danach bräuchten die Wichtel nur noch die Treppe runter und kreuz und quer durchs Haus zu wuseln, vom Flur ins Ess- und Wohnzimmer, von da in die Küche und von der Küche wieder hoch zu Lars. Überall wären danach grüne Matschespuren, und zusätzlich hätten die zwei fiesen Rächer gleich nach Feierabend einen Turbomixer noch einmal extra laufen lassen – mit den letzten zwei Packungen Erbsen, aber ohne Deckel. Wenn sie an die unglaubliche Schweinerei dachten, die das in der Küche geben würde, rieben sich die zwei die Wichtelhände und stießen ihren Kampfruf aus, dass alle um sie herum zusammenzuckten, sogar der Weihnachtsmann, wenn er zufällig in der Küche war. »Erbse um Erbse!«, riefen sie, und leider hatte der Weihnachtsmann keine Ahnung, wie sie das meinten.

Der Plan war fies, fies und oberfies, denn es war ja klar, was morgens passieren würde. Mama oder Papa oder beide würden die Schweinerei entdecken, und die grünen Matschespuren sprächen eine deutliche Sprache: Das konnten nur Lars und Magnus gewesen sein, wahrscheinlich wollten sie den Wichteln wieder einen Streich spielen, und irgendwas war dabei schiefgegangen – so würden Mama und Papa denken, und wenn man sich's überlegt, war der Plan genial.

Es kam dann nur alles ein bisschen anders, und es fing damit an, dass Lars und Magnus sich abends ein bisschen in die Wolle kriegten. Es war wieder Samstag, und weil Dortmund gegen Leverkusen verloren hatte, überlegte Magnus laut, ob er nicht doch lieber Bayern-Fan werden solle, weil das angeblich besser für die Nerven sei. Lars ist gleich nach Papa der zweitgrößte Dortmund-Fan bei uns und war so was von sauer, dass er bis zum Schlafengehen kein Wort mehr mit Magnus reden wollte. Dafür hat er dann im Schlaf mit ihm geredet. Oder besser gestritten und dabei so laut geschrien, dass Papa davon wach geworden ist.

»Bayern, das ist ja wohl das Letzte!«, hat Lars mit piepsiger Stimme geschimpft. »Wenn du das machst, bist du der allergrößte Depp!«

Die Wichtel waren da gerade mit dem Erbsenpüreeklacks in seinem Zimmer fertig. Genau als sie zum ersten Mal »Lars!« riefen, fing er zu schreien an. Vielleicht hatte er sie gehört und gedacht, es wäre Magnus, der ihm von den Bayern vorschwärmen wollte. Papa hat erst eine Weile gewartet, ob er sich wieder beruhigt, aber als nicht, ist er leise aufgestanden, in seine Pantoffeln geschlüpft und, ohne Licht zu machen, aus dem Zimmer und über den Flur geschlichen, damit er niemanden weckt.

Die Wichtel hat Papa im Dunkeln gar nicht gesehen, aber sie natürlich ihn, da sind sie schnell die Treppe runtergewuselt und in die Küche gewitscht. Vielleicht würde Papa ja bald verschwinden, und sie konnten mit ihrem fiesen Plan weitermachen.

Aber Papa ist nicht verschwunden. Lars schimpfte nämlich immer weiter: »Bayern, ehrlich! Tickst du noch richtig, du Lederhose?«

Papa wunderte sich ein bisschen, dass die Tür zu Lars' Zimmer einen Spaltbreit offen stand, aber es war ihm ganz recht. So konnte er sich leise ins Zimmer schleichen und Lars kurz schütteln, das reichte schon, dass er friedlich weiterschlief. Magnus lag, wie immer, wenn er bei uns übernachtet, auf einer Gästematratze neben Lars' Bett und schnorchelte nur kurz, als Papa im Weggehen stolperte und im Dunkeln auf sein Kopfkissen trat.

Draußen wollte Papa eigentlich zurück ins Bett, aber plötzlich hatte er einen Riesendurst, wahrscheinlich von den Extrapepperoni, die er sich abends auf seine Pizza getan hatte. Jedenfalls ging er nach unten, aber weil ihm jetzt die Wichtel einfielen, die er auf keinen Fall bei der Arbeit stören wollte, machte er auch weiter kein Licht und ging auch nicht richtig in die Küche, nur ein, zwei Schritte, bis er irgendetwas wuseln hörte. Da machte er schnell kehrt und tastete sich im Dunkeln erst in den Keller, um sich eine Flasche Wasser zu holen, und von da ins Wohnzimmer, wo in der Vitrine, die wir nicht zum Sperrmüll geben dürfen, weil wir sie von der Poneleit-Oma geschenkt bekommen haben, die Weingläser stehen. Mit der Flasche Wasser und einem Weinglas ist er dann nach oben gegangen, hat noch mal kurz vor Lars' Zimmer gelauscht, dort auch gleich Wasser getrunken, damit er Mama nicht doch noch weckt, und danach hat er sich ins Gästezimmer zurückgeschlichen und ist wieder ins Bett gekrochen.

So hat er's uns am Morgen erzählt, aber eigentlich konnten wir uns das meiste denken. Man brauchte nur seinen glitschigen grünen Pantoffelspuren zu folgen, dann wusste man Bescheid. Nur dass er die Schweinerei in der Küche angerichtet hatte, wollte er nicht zugeben. Damit habe er nichts zu tun, behauptete er, und sowieso kenne er sich mit Turbomixern nicht aus.

»Und wie kommst du jetzt auf Turbomixer?«, fragte Mama.

»*Unser* Mixer steht mit grünen Punkten verziert dort, wo er immer steht, und mit italienischen Espressomaschinen und Dampfgarern kann man ja wohl keine Erbsen zermatschen und gleichmäßig in der ganzen Küche verteilen«, wehrte sich Papa.

Das musste Mama zugeben, und gleich darauf kam sowieso der Weihnachtsmann aus seinem Zimmer, der auch den Teil der Geschichte kannte, von dem wir zu dem Zeitpunkt noch nichts wussten. Er hatte die Rächer erwischt, als sie mit ihren Kumpels durch sein Zimmer wuseln und aus dem Fenster steigen wollten, da war das Spiel aus, und sie mussten ihm alles haargenau erzählen. Wenn es nicht schon gegen Morgen gegangen wäre, hätte er sie die Erbsenschweinerei sogar wegwischen lassen, sagte der Weihnachtsmann. So könne er sich nur für sie entschuldigen.

»Und das mit den Spuren und der Schweinerei in der Küche sollte der große Racheplan sein?«, fragte Magnus ungläubig. »Die dachten, Lars und ich latschen durch den glitschigen Erbsenmatsch und merken es nicht, und hinterher kriegen wir Ärger? Ja, halten die uns denn für …«

»Blöde« wollte er sagen. Oder »dämlich«. Aber weil er in Gedanken immer schon weiter ist als mit dem Mund, merkte er gerade noch, dass er kurz davor war, es sich mit Papa zu verderben.

»… Schlafwandler« war das, was ihm auf die Schnelle einfiel, aber es war natürlich zu spät. Längst schauten alle auf Papa, der sich am Kopf kratzte und anscheinend auch keine Erklärung dafür hatte, warum er nichts von dem Erbsenmatsch gemerkt hatte. Er brauchte aber auch keine Erklärung. Jetzt konnte Mama nämlich nicht mehr und fing an zu lachen, und als auch der Weihnachtsmann lostrompetete, war alles wieder gut.

Oder fast alles. Wir mussten ja noch putzen. Gleich nach dem Frühstück machten wir uns an die Arbeit, und alle halfen mit, sogar der Weihnachtsmann, der aber nur die Spüle auswischen durfte, weil er da nichts kaputt machen oder neu einsauen konnte.

Es war schon halb zwei, als wir endlich fertig waren, und genau da klingelte es an der Haustür. Frau Blume stand draußen. Sie und Onkel Klaus – sie sagte immer »Onkel Klaus«, wenn sie vom Weihnachtsmann sprach – seien bei ihr zum Mittagessen verabredet, wo er denn bleibe?

Ups! Das hatte er in der Aufregung glatt vergessen. Aber als Frau Blume hörte, wie tapfer er beim Putzen geholfen hatte, nahm sie's ihm nicht übel.

»Dann gab's bei euch wohl auch noch nichts zu Mittag?«,

fragte sie, und als wir alle den Kopf schüttelten, erzählte sie, sie habe so viel gekocht, dass wir gern alle zu ihr zum Essen kommen könnten.

»Wunderbar, danke! Das Angebot nehmen wir gern an!«, sagte Papa, der an dem Sonntag mit Kochen dran gewesen wäre. »Was gibt's denn Gutes?«

»Erbseneintopf«, sagte Frau Blume. »Den mag er so gern.«

Dezember

Über die Rache der Wichtel müssen wir bis heute lachen. Sobald es Erbsen gibt, fängt garantiert jemand davon an, und am komischsten wird es, wenn Magnus dabei ist, weil er immer noch Angst hat, Papa könnte ihm sein großspuriges Gerede über die Matschespuren übel nehmen. Er erklärt dann lang und breit, mit den Pantoffeln an den Füßen hätte er den glitschigen Erbsenmatsch bestimmt auch nicht gespürt, und was ihn selbst und Lars angehe, sei er sich nur sicher gewesen, dass sie barfuß hinter den Wichteln hergegangen wären. Da hätten sie den Matsch natürlich bemerkt.

»Dann wollen wir das mal glauben«, sagt Papa dann immer so ernst, dass Magnus jedes Mal darauf reinfällt und das Ganze noch mal von vorne erklärt. Er ist schlauer als alle anderen kleinen Jungs, die ich kenne, aber eins kapiert er wahrscheinlich nie: wann es besser wäre, einfach nur den Mund zu halten.

Beim Frühstück am zweiten Advent gab's zwar keine Erbsen, aber wir kamen trotzdem auf die Wichtel zu sprechen. Papa fing davon an, weil ihm plötzlich einfiel, dass es der erste Sonntag im Dezember war und in der Nacht ja eigentlich das letzte Wichtel-Meeting hätte stattfinden sollen. Er sagte natürlich nicht »Meeting«, sondern »Arbeitsbesprechung«.

»Ob die Arbeitsbesprechung wieder wegen zu viel Arbeit ausgefallen ist?«, sagte er und zeigte auf die Regale, in denen noch alle Bücher standen.

Genau da kam der Weihnachtsmann angeschlurft und sah so schrecklich müde aus, als hätte er die ganze Nacht kein Auge zugemacht.

»Sie sprechen vom Team-Meeting?«, fragte er Papa. »Doch, doch, das hat diesmal stattgefunden. Die Erbsenbande musste nur die Bücher wieder einräumen – als kleine Wiedergutmachung.«

Und schon sauste Magnus – klar, er war wieder über Nacht geblieben – zur Bücherwand, stieg auf den kleinen Hocker, der immer davorsteht, und zog ganz oben links das allererste Buch heraus.

»Stefan Zweig, *Sternstunden der Menschheit*!«, verkündete er.

Dann hüpfte er mit dem Buch vom Hocker, sauste ans Ende der Bücherwand und zog ganz unten rechts das allerletzte Buch heraus.

»Antje Aarens, *Aalgerichte aus aller Welt*!«, rief er triumphierend und brachte beide Bücher an den Tisch.

»Habt ihr's gemerkt?«, fragte er noch ganz aus der Puste. »Sie haben alles genau verkehrt herum einsortiert.«

»Ehrlich?«, fragte Papa.

»Na klar, das Alphabet fängt doch …«

So weit war der Schlaumeier schon, als er merkte, dass Papa ihn auf den Arm genommen hatte.

Aber wenigstens standen die Bücher in den Regalen und lagen nicht kreuz und quer auf dem Fußboden verstreut. Trotzdem war der Weihnachtsmann geknickt.

»*Mein* Fehler, tut mir leid«, sagte er. »Ich hätte ihnen sagen müssen, dass sie die Bücher von hinten nach vorne sortieren sollen.«

Äh, wie? Genau das hatten die Wichtel doch gemacht! Wir verstanden kein Wort, und so sahen wir anscheinend auch aus.

»Das Wichtelalphabet fängt bei Z an und hört mit A auf«, sagte der Weihnachtsmann zerknirscht. »Ich lass sie die Bücher gleich heute Nacht noch mal neu sortieren.«

Aber das redete Mama ihm aus. Die Wichtel hätten sicher schon genug zu tun, und *wir* wüssten jetzt wenigstens, was wir zwischen den Jahren machen, erklärte sie ihm.

»Und ich kann helfen!«, rief Magnus begeistert.

Dazu kam von Mama und Papa kein Mucks. Der kleine Schlaumeier sollte nur sofort die zwei Bücher zurückstellen. Vor allem das mit den Aalrezepten wollte Mama nicht auf dem Tisch liegen haben. Sie hat es mal von der Wetekamp-Oma geschenkt bekommen, obwohl sie Aal nicht ausstehen kann.

Sonst passierte um die Zeit nicht viel. Wir waren nur alle mindestens genauso müde wie der Weihnachtsmann, weil wir nachts immer öfter von lautem Poltern aufgeweckt wurden. Das immer gleiche Zischen, Dampfen und Mixen machte uns nichts mehr aus, aber das Poltern klang jedes Mal ein bisschen anders, je nachdem, von welcher Stelle im Haus es kam, und es ging auch erst gegen Morgen los. Wenn man da aufwacht, ist am schlimmsten, weil man meistens nicht wieder einschlafen kann.

Das Poltern kam davon, dass die Wichtel von Nacht zu Nacht mehr Weihnachtspäckchen in die Garage schaffen mussten. Und trotzdem waren morgens noch so viele übrig, dass sie bald nicht mehr in den Flur passten. Sie standen jetzt überall im Erdgeschoss gestapelt und manchmal sogar vor der Bücherwand, nur immer so, dass wir normal durch die Haustür aus dem Haus gehen konnten. Mama hatte es erlaubt, wenn die Päckchen auch weiterhin bis zum Nachmittag verschwunden waren. Für den Weihnachtsmann musste das eine ganz schöne Plackerei sein, aber da war Mama eisern, und er hatte ja Frau Blume, die ihm half. Wenn es morgens besonders viele Päckchen gewesen waren, hörte man den Weihnachtsmann nachmittags nur noch ganz leise und mit langen Pausen in seinem Zimmer werkeln, und Frau Blume brauchte wahrscheinlich ein Nickerchen, jedenfalls zog sie an solchen Tagen öfter ihre Wohnzimmervorhänge zu.

Es war für alle eine anstrengende Zeit, und so richtig fanden wir nur an den Adventssonntagen ein paar Stunden Ruhe. Da kam abends Frau Blume herüber, und wir sangen alle zusammen Weihnachtslieder, das heißt, die anderen sangen, und ich begleitete sie auf der Flöte. Frau Blume hatte eine wunderschöne Stimme, und wenn der Weihnachtsmann zu laut trompetete, brauchte sie nur kurz den Finger auf die Lippen zu legen und ihn anzulächeln, dann sang er schön leise. Nur bei *Schneeglöckchen, Weißröckchen* nicht. Das war sein Lieblingslied, da konnte er sich einfach nicht beherrschen. Er schmetterte, dass die Weingläser in der Vitrine klirrten, und es war das reine Glück, dass er so einen tiefen Brummbass hatte, bei einer hohen Stimme wären sie wahrscheinlich zersprungen.

Ich glaube, es war an einem Sonntag, als der Weihnachtsmann uns warnte, wir sollten nicht erschrecken, aber irgendwann in den nächsten Nächten müsse er zum ersten Mal mit dem Schlitten los.

»Wieso? Ist irgendwo auf der Welt früher Weihnachten?«, fragte Papa.

»Nein«, sagte der Weihnachtsmann. »Ich lege nur Depots an, damit ich an Weihnachten nicht alles auf einmal auf den Schlitten packen muss.«

Doch, jetzt weiß ich's wieder: Es *war* an einem Sonntag. Am dritten Advent. Magnus war da und blieb bis zum Singen, und als der Weihnachtsmann das mit den Depots erzählte, erklärte er uns, das seien Lager, in denen man Sachen vorübergehend aufbewahre, nur falls wir's nicht wüssten.

In der Nacht von Montag auf Dienstag hab ich ihn dann zum ersten Mal wegfliegen hören. Den Weihnachtsmann mit seinem Rentierschlitten, meine ich. Ich wurde vom Poltern wach, wunderte mich noch, weil es dafür ein bisschen früh war, dann quietschte das Garagentor. Papa hätte es schon vorher dringend ölen sollen, und inzwischen war es ja fast ein Jahr nicht mehr bewegt worden. Erst quietschte das Tor, dann hörte ich leises Getrappel, und als ich nach dem nächsten Quietschen ans Fenster flitzte, war es schon zu spät. Außer dem Sternenhimmel und dem drei Viertel vollen Mond war nichts mehr zu sehen.

Aber die anderen hatten das Quietschen auch gehört, und abends beim Abendessen fragte der Weihnachtsmann, ob es irgendwo in der Garage ein Ölkännchen gebe, er habe leider keins finden können.

»Zuletzt wolltest du die Tür zum Heizungskeller ölen«, sagte Mama zu Papa. »Seitdem steht es neben der Tür im Schuhregal.«

Von da an quietschte das Garagentor nicht mehr, und ich

weiß gar nicht, wie oft der Weihnachtsmann in der Woche unterwegs war. Ich bin nur noch ein paarmal vom Poltern aufgewacht, aber morgens wurden die Päckchen immer weniger, bis am Samstag gar keine mehr übrig waren. Anscheinend hatten wir das Schlimmste überstanden. Nur am Sonntagmorgen gab es noch mal große Aufregung.

Es war ja der vierte Advent, und der Morgen fing auch ganz friedlich adventlich an. Mama war, wie meistens, die Erste am Frühstückstisch, dann kamen Papa und ich fast gleichzeitig nach unten, und kurz nach uns tauchte der Weihnachtsmann auf. Er sah immer noch müde aus, aber zufrieden müde, nicht mehr nur abgekämpft und schlapp. Offenbar ging bei den Vorbereitungen zur großen Weihnachtsreise alles seinen guten Gang.

Nur Lars und – klar war er da – Magnus ließen auf sich warten. Wir anderen waren schon fast fertig, als Mama die Stirn runzelte und sagte:

»Ich geh doch mal nachsehen – um elf wollen Magnus' Eltern ihn abholen, und es ist schon zwanzig vor.«

»Ja, komisch«, sagte Papa. »Und jetzt, wo Dortmund Herbstmeister geworden ist, gibt's auch keinen Grund mehr, schlecht zu schlafen.«

Das stimmte. Dortmund hatte gegen Schalke gewonnen und Bayern gegen Mainz verloren, und davon, dass Magnus Bayern-Fan werden wollte, war nach der Nacht des Erbsenpürrees sowieso keine Rede mehr gewesen.

Mama ging also hoch, und ich meine, der Weihnachtsmann hätte ihr ein bisschen ängstlich nachgeschaut, aber da kann ich mich täuschen. Ganz sicher bin ich mir, dass ich

Mama noch nie so sauer gesehen hatte wie höchstens drei oder vier Minuten später, als sie mit Lars und Magnus die Treppe herunterkam. Sie zog die zwei an den Ärmeln hinter sich her, aber das Merkwürdige war, dass es nicht die Ärmel von Schlafanzügen waren, sondern von wattierten Winterjacken. Dazu hatten die Jungs Skihosen und Winterstiefel an und Zipfelmützen auf dem Kopf. All das konnten sie unmöglich in der kurzen Zeit angezogen haben, und auch ihre Gesichter hätten eher zu zerknitterten Schlafanzügen gepasst. Also hatten sie in den Wintersachen geschlafen.

»So, und jetzt raus mit der Sprache!«, sagte Mama und ließ die beiden los. Nur setzen durften sie sich nicht. Sie mussten stehen bleiben, und Mama setzte sich auf ihren Platz, wahrscheinlich, weil sie von da die zwei Jungs und den Weihnachtsmann gleichzeitig anfunkeln konnte.

»Wi-wir …«, piepste Lars.

»A-also es war so …«, piepste Magnus.

Mehr brachten sie nicht heraus, aber der Weihnachtsmann kam ihnen zu Hilfe.

»Schon gut, ich hab sie mitfahren lassen«, sagte er.

Zum Glück hatte ich gerade meine letzten Bissen Schokohörnchen runtergeschluckt, sonst wäre ich wahrscheinlich daran erstickt.

»Ich hatte es ihnen versprochen«, sagte der Weihnachtsmann.

Da fiel mir wieder ein, dass er beiden ein Extrageschenk versprochen und Lars dazu was ins Ohr geflüstert hatte – aber wer hätte denn gedacht, dass es um eine Fahrt auf dem Weihnachtsschlitten ging?!

»Und was man verspricht, muss man halten«, piepste Magnus.

»Stimmt genau«, piepste Lars.

Aber Mamas Augen funkelten immer noch.

»Und sie waren die ganze Zeit angeschnallt«, verteidigte sich der Weihnachtsmann.

»ANGESCHNALLT?«

Mama sah aus, als könnte der Weihnachtsmann gleich sein blaues Wunder erleben, aber dann kam das Komische: Auf einmal legte Mama beide Hände mit den Handflächen nach unten auf den Tisch, betrachtete sie in aller Ruhe und sagte, als redete sie nur mit ihnen:

»Gut, es ist nun mal passiert. Aber es passiert nie wieder, und ihr drei verliert nie mehr ein Wort darüber. – Abgemacht?«

»Abgemacht«, sagte der Weihnachtsmann.

»Abgemacht«, piepste Lars.

»Oder höchstens ...«, piepste Magnus.

So lange brauchte Mama, um den Kopf zu heben, dann war er still und nickte.

Als wir an dem Tag Weihnachtslieder sangen, ging doch noch ein Weinglas kaputt, aber nur, weil Papa es so nah an die Sofatischkante gestellt hat, dass der Weihnachtsmann echt nichts dafür konnte, dass er's bei *Schneeglöckchen, Weißröckchen* mit dem wippenden Stiefel runterkickte.

Ja, und dann kam Weihnachten. Am 23. Dezember abends saßen wir noch mal alle zusammen beim Essen, und keiner wusste so recht, wie man sich vom Weihnachtsmann verabschiedet. Auch von den Erwachsenen hatte das ja noch keiner gemacht. Papa hatte Erbseneintopf gekocht, und bestimmt war es witzig gemeint, aber es nützte nichts. Wir löffelten alle traurig vor uns hin, und keiner sagte was. Nur Frau Blume, die wir zu dem Abschiedsessen eingeladen hatten, lächelte so selig, dass ich mir überlegte, ob sie vielleicht ganz froh war, wenn sie morgens keine Päckchen mehr in unsere Garage schleppen musste.

»Heute Nacht wird's also ernst?«, fragte Papa irgendwann, und der Weihnachtsmann nickte.

»Punkt zwölf«, sagte er.

»Dann …«, sagte Mama, die ein bisschen heiser klang. »Dann wünschen wir alle von Herzen eine gute Reise!«

Danach wischte sie sich über die Augen, als wäre ihr gerade was reingeflogen, aber das konnte sie ihren Kindergartenpupsis erzählen. Sie hatte sich eine Träne weggewischt, so war das, und als wir sie erschrocken anstarrten, kam auch schon die zweite.

Von da an heulten wir alle zusammen, und bevor der Weihnachtsmann in sein Zimmer ging, nahmen wir ihn der Reihe nach in den Arm. Oder eigentlich er uns, denn um ihn kam man ja mit den Armen nicht herum.

Danach ging Frau Blume nach Hause, und wir Wetekamps gingen ins Bett, obwohl ganz klar war, dass keiner von uns ein Auge zumachen würde. Ich selbst las noch ein Weilchen, keine Ahnung, was, dann knipste ich das Nachtlämpchen aus. Von da an wälzte ich mich im Bett und drückte alle zehn Minuten auf den Knopf, mit dem man bei meinem Wecker das Ziffernblatt beleuchtet. Beim letzten Mal war es zehn vor zwölf, da konnte ich einfach nicht anders und schlich mich aus dem Zimmer und die Treppe runter zum großen Terrassenfenster, weil man von da am besten über die Garage in den Nachthimmel schauen kann.

Ich war nur nicht die Einzige, die nicht schlafen konnte. Als ich nach unten kam, standen schon Mama und Papa am Terrassenfenster, aber sie schimpften nicht mit mir. Sie machten nur »Pssst!« und sagten überhaupt nichts. Und gleich darauf kam Lars. Mit Magnus, der vor dem Abendessen nur so getan hatte, als würde er nach Hause gehen, und sich in Wirklichkeit in Lars' Zimmer versteckt hatte.

»Entschuldigung, aber …«, piepste er leise.

»Pssst!«, machten Mama und Papa, und dann sahen wir's:

Der Weihnachtsschlitten erhob sich in die Luft. Ein Berg von Päckchen war darauf gepackt, aber die Rentiere zogen ihn scheinbar ohne Mühe. Der Weihnachtsmann hatte eine Peitsche in der Hand, aber die brauchte er gar nicht zu schwingen. Die braven Rentiere jagten auch so pfeilschnell über den sternenklaren Himmel, und als sie sich in einer weiten Kurve auf den pfannkuchenrunden Mond zubewegten, sah es fast aus, als wäre der Schlitten dahin unterwegs. Aber klar, das war er natürlich nicht. Der Weihnachtsmann musste ja überall dahin, wo die Menschen Weihnachten feiern.

»Er macht alles nur ganz sanft mit den Zügeln«, flüsterte Magnus. »Da, seht ihr's?«

Tatsächlich kratzte der Schlitten gerade wieder eine Kurve und kam für kurze Zeit sogar auf uns zu. Da sah man genau, wie der Weihnachtsmann mit den Zügeln lenkte.

Aber man sah noch etwas. Man sah, dass der Weihnachtsmann nicht allein im Schlitten saß! Neben ihm saß Frau Blume. Sie trug auch einen roten Mantel, genau wie er, und auf dem

Kopf genau die gleiche Mütze, nur schauten ihre schneeweißen Haare darunter heraus. Frau Blume – Lenchen – trug sie offen, und sie flatterten im Wind.

»Sieht leider nicht nach weißen Weihnachten aus«, seufzte Papa, als der Schlitten in der Ferne verschwunden war.

»Ich hab ihn gefragt, und er hat gesagt, er will sich kümmern«, schniefte Lars.

»Er sagt, Petrus ist ein alter Kumpel von ihm, aber ich weiß nicht recht«, sagte Magnus. »Petrus hütet zwar die Himmelsschlüssel, aber dass er was mit dem Wetter zu tun hat, ist wahrscheinlich nur so eine Geschichte.«

Genau da wehte es die erste Flocke ans Terrassenfenster.

Und die Bescherung?

Die Bescherung war toll: Ich kriegte alles, was ich mir gewünscht hatte, aber ich nahm mir ganz fest vor, mir vom nächsten Jahr an immer nur drei Sachen zu wünschen. Lars kriegte ein Skateboard, neue Ski, einen Batman-Rucksack und ein Batman-Computerspiel. Es war alles, was auf seinem Wunschzettel gestanden hatte, und es lagen sogar noch zwei kleine Päckchen mehr dabei. In einem war mein kleiner Batman, den ich sowieso nicht brauche, und im anderen die Streichholzschachtel mit dem Zähnchen, das er dem Weihnachtsmann geschenkt hatte. Neben dem Zähnchen lag ein Euro und unter dem Euro ein Zettelchen, auf dem stand: *Der bleibt wohl besser bei dir, bevor ich ihn noch verschussle – die Zahnfee lässt übrigens schön grüßen!*

»Ich glaub doch nicht mehr an die Zahnfee«, sagte Lars.

»Und an den Weihnachtsmann?«, fragte Mama.

Da sagte Lars nichts mehr, und als ich ihm das mit den drei Wünschen erklärte, wollte er sich's wenigstens überlegen.

Auch Magnus will sich's überlegen. Er kam gleich am ersten Weihnachtstag vorbei und wollte uns eigentlich von allen seinen Geschenken erzählen, kam aber nicht übers erste hinaus: eine Computer-Zeitschrift, in der jeden Monat steht, was alle möglichen Wissenschaftler Neues herausgefunden haben und in Zukunft noch herausfinden wollen. Er kam so um zwei, und bis er uns die Zeitschrift zu Ende erklärt hatte, holten ihn seine Eltern zum Abendessen bei seiner Uroma ab.

Ach ja, Mama und Papa wurden natürlich auch beschert. Sie kriegten Bücher und Parfüm und witzige Socken wie sonst auch, aber dazu standen zwei Riesenpakete unterm Baum. In einem war eine italienische Espressomaschine und im anderen ein Turbomixer, und an beiden hingen kleine Kärtchen. *Sorry und frohes Fest! – Euer Daniel* stand auf dem einen, *Sorry und frohes Fest! – Euer Tom* stand auf dem anderen. Nur was genau für wen war, stand nicht drauf, aber das war Mama und Papa auch vollkommen egal.

Und weiter?

Weiter ist nicht viel passiert. Auch die Bücher stehen noch falsch, aber Papa sagt, das lassen wir so, Bücher rückwärts zu suchen, sei gut fürs Gehirn. Mal sehen. Bei Lars müsste man ja zuerst was merken. (War ein Witz! Ehrlich!)

Nicht ganz schlau werden wir aus der Sache mit Frau Blume. Inzwischen haben wir März, und sie ist immer noch nicht zurück. Papa sagt, wenn sie noch lange wegbleibt, wird er wohl oder übel ihren Rasen mähen müssen. Ich selber freu mich, dass es endlich Frühling wird, dann gehen auch bald meine Reitstunden los.

Das war's eigentlich.

Oder nein, letzten Samstag war noch witzig: Da hat es mitten im Frühstück an der Haustür geklingelt, und als Lars aufstehen wollte, hat Papa gesagt:

»Vorsicht, nachher ist es noch der Osterhase, der bei uns wohnen will!«

»Quatsch! Der würde doch erst *nach* Ostern einziehen«, hat Lars gesagt.

Dann hörte man, dass der Klingelknopf festklemmt, und als Lars aufmachte, war es zum Glück nur Magnus.

Ob das mit dem Weihnachtsmann jedem passieren kann?

Aber sicher. Er hat's doch selbst gesagt. Nur weiß man's eben nicht vorher. Jedenfalls haben wir nichts gewusst. Manchmal fragen wir uns natürlich, ob wir irgendwann hätten ahnen können, was auf uns zukommt. Wenn es stimmt, dass die vom Weihnachtsamt ganz genau prüfen, wer den Weihnachtsmann beherbergen darf, müsste man ja vielleicht was davon merken. Dass zum Beispiel Engel ums Haus schleichen. Magnus erklärt uns dann immer, Engel zu merken sei vollkommen unmöglich, weil es, wenn man sie merke, schon mal ganz bestimmt keine seien. Mir ist das zu hoch, aber vielleicht hat er trotzdem recht. Er selbst glaubt übrigens, es sei der Weihnachtsmann persönlich, der sich die richtige Familie im passenden Haus aussucht, und zwar bei seinen nächtlichen Ausflügen unterm Jahr. Papa glaubt was anderes. Er sagt, wenn wir den Weihnachtsmann nicht schon bei uns gehabt hätten, würde er die Augen offen halten, ob nicht irgendwann wie zufällig ein Rentier im Garten herumstromert. Vielleicht heiße es in einem alten finnischen Sprichwort nicht umsonst: Ein Rentier kommt selten allein.

Friedbert Stohner, 1951 geboren, lebt in Altlußheim am Rhein. Nach langen Verlagsjahren, in denen er u.a. das Hanser-Kinderbuch mit auf den Weg brachte, hat er sich ganz aufs Schreiben verlegt.

Katrin Engelking, 1970 in Bückeburg geboren, studierte an der Fachhochschule für Gestaltung in Hamburg Illustration und arbeitet seit 1994 als freie Künstlerin. Sie lebt mit ihrer Familie in Hamburg.